生きることをあきらめない

間 裕子
Hiroko Aida

ゆいぽおと

生きることをあきらめない

転移性進行がんの告知を受けて

間　裕子

本書は、２０１１年8月から２０１２年9月まで、さくらのようにさんが「がんとともに生きる」と題して記していたブログを編集したものです。

さくらのようにさんこと、間裕子さんは、２０１２年9月13日、転移性進行がんで逝去されました。

心よりご冥福をお祈り申し上げます。

はじめに

２０１１年7月27日に、主治医から進行がんの告知を受けました。結腸がんが原発巣で、両卵巣への転移性がん。ここに至るまでの経緯については、またゆっくりお話していこうと思いますが、概ねとしては、以下のような感じです。

5月上旬　腹部卵巣あたりに10㎝位のしこりに気づき、産婦人科受診。超音波検査、腫瘍マーカーの結果、悪性腫瘍の疑いがあるということで、公立病院を紹介される。

6月上旬〜6月中旬　公立病院産婦人科で、ＣＴ、ＭＲＩ、ＰＥＴ、超音波などの検査を受ける。悪性か良性かは、手術しないと確定診断できないと言われ、手術を前提として、念のため、消化器内科も受診。

6月上旬　消化器内科にて、注腸検査を受け、大腸にがんが見つかる。がんにより腸閉塞を起こしかねない状態で、即入院と言われる。この注腸検査の日の夕方、闘病生活中の母が亡くなり、葬儀などのため入院日程を延期する。

6月20日入院　がんの原発巣が、大腸なのか卵巣なのか……。入院後も、胃カメラ、大腸カメラなどの検査が続く。腸閉塞のリスクが高いため、食事は経口摂取はＮＧとなり、中心静脈栄養となる。
6月24日　消化器内科医から、検査結果のIC（インフォームドコンセント）あり。「かなりの高い確率で『結腸がん』と言っていいと思います。ただし、卵巣については、悪性か良性かは今は診断できません」と告知を受ける。
6月30日　結局、開腹手術しないとわからないということで、ようやく、担当主治医が外科の医師と決まる。
7月12日　開腹手術（10時〜15時）。今ある腫瘍はすべて取り除いたと主治医より。がんの原発については、病理検査の結果待ち。
7月22日　翌日に母の四十九日法要があるため、やや強引に退院許可をもらい、退院。
7月27日　術中の病理検査の結果について説明を受ける。結腸がんが原発巣で、卵巣への転移性がん。つまり、ステージⅣの「進行がん」と告知を受け、抗がん剤治療の説明を受ける。

生きることをあきらめない

転移性進行がんの告知を受けて

もくじ

Ⅱ　今を大切に、この瞬間を大切に　２０１１年９月から12月までのこと

Ⅲ　頑張り過ぎずに、でもあきらめないで

2012年1月から9月までのこと

I

がんとどう向き合うか

2011年5月から8月までのこと

退屈な入院生活

◇6月20日

午後、消化器内科に入院。個室を希望したものの、空いてなくて2人部屋へ。主治医は、外来で診断されたI先生（若い専門医の女医さん）。担当の看護師は、4月に入った新人看護師さん。入院生活における注意事項などを受ける。

腸閉塞のリスクが高いので、経口摂取はNGということで、しばらくは24時間ビタミンなどの補液を点滴して経過観察しましょうとのこと。血液検査、肺機能検査、心電図などを受ける。

◇6月21日～24日

21日からから週末24日までに、CT、MRI、胃カメラ、大腸カメラを受ける。

胃カメラも辛かったけど、大腸カメラだけは、二度としたくない。本当にきつい。しんどいです。つらいです。苦しいです。

そもそも、大腸カメラ検査を行うためには腸の中を空っぽにしないといけないので前日から絶食し、軽めの下剤を服用する。そして、検査当日、2リットルの下剤（液体ですが、すごく口当たりも悪く、まずい。飲み続けているうちに、気分が悪くなるほど）を2時間ほどの間に飲んで、腸の中のものをすべて出し切る。とてもじゃないけど、2時間では飲みきれず、3時間かかった。

下剤を飲んではトイレへ……。また、下剤を飲んでトイレへ……。8回くらいこれの繰り返し。これが本当に苦しい（便が、尿のようになるまでは検査ができないのです）。胃カメラも大腸カメラも、行うのは主治医のI女医さん。専門医さんだけど、大丈夫かしら……と不安だった。私の場合、がんによって、かなり腸管が細くなっていたが、何度も通そうとされ、その都度激痛でした。

また、空気を入れてお腹を膨らませているので、なおのこと痛いし苦しいし。検査台の上で、あっちこっち向きを変えるたびに、お腹が痛み、カメラが動くとさらに痛む。結局、I先生は、がんのところに、なかなかカメラが通らなかったので、指導医を呼んだようで、途中から指導医らしき先生に交代した。小さなポリープがあったので切除してもらったが、がんのところには、指導医の先生もカメラを通すことができなかったようだ。

1時間ほど検査され、クタクタになって自分で立ち上がることもできず、車椅子で病室に帰る。検査以外は、特にすることもなく、からだもそれほど痛みがあるわけでもないので外出も外泊もOKと言われた。退屈な入院生活です。

◇6月24日

I主治医より検査結果のIC（インフォームドコンセント）を受ける。

◇6月27日

手術までまだかなり日があるので、このまま食事ができないと栄養が摂れず、体力が落ちてしまうため、中心静脈栄養を受けることになる。

卵巣のあたりの腫瘍が大きくなっているような気がする。圧迫感も日に日に増してきている。触れると痛みもかなりある。ただ、大腸のがんという自覚は全くない。実際に、血便もなかったし痛みもない。強いていえば、便秘と下痢を繰り返していたことか。

食事はできないが、あまり空腹感はない。入院後すぐは、ヨーグルトやスープを口にしていたが、3、4日すると、それほど欲しくもなくなった。

お腹が妊婦さん(妊娠5か月くらい?)のようになってきた。

手術前から手術後の経緯

◇6月29日　外科担当主治医が決まる
朝の内科主治医の回診時、手術の担当医師と日程がだいたい決まったと言われる。

午後から、婦人科の外来で診てもらっていた医師がきて、現状の説明を受ける。

「今回は、卵巣の腫瘍は手術してみないと、がんかどうかわからない。画像で見ると、確定できませんが、大腸の腫瘍が、がんの原発かもしれない。外科とも話し合って、今回は、外科が担当して手術してもらうことになりました。ただし、卵巣が原発であるかもしれないので、術後の治療を考える上にも私と婦人科の医師も手術に立ち会います。

卵巣の手術は、外科に行ってもらいますが、手術のスペシャリストなので大丈夫です。

安心してください。日程は、少し先になるようで、7月の第2週くらいを予定しています。また、外科の担当医師から説明があると思います」

夜になり、その外科の担当医師が病室にあいさつに来られる。

「僕が手術を担当することになりました、Tです」

(んっ……。また若い！　しかも、なんだか医療ドラマに出てきた外科医師みたいに無精ひげが……。大丈夫かしら)

「病気については、内科の先生から聞いていると思うけど、やっぱり手術が必要です。大腸のがんと卵巣の腫瘍を、お腹を開いて切り取ることになります。手術は7月12日を予定しています。もっと早くやってあげたいけど、他の人の予定もあって、7月12日がいちばん早くできる日です。いろいろ説明したいので、家族の人と時間を合わせてもらえますか?」

「はい。わかりました」

7月1日にICを受けることになった。

◇7月1日　手術のIC

手術のICを外科主治医より受ける。手術の内容に加え、麻酔や輸血への同意説明もあり。

「卵巣の腫瘍が大きいため、開腹手術となります。結腸のがんは、前後10㎝くらいを切って縫いつけます。卵巣の切除は、片方だけですむと思います」

（術後の合併症や経過のリスクの説明もあり）

「癒着しないように、まず、大腸の機能を戻して、食べてちゃんと出せるようにすることがいちばん大切。そして、体力を回復する。その後の治療については、診断が確定してから考えましょう。

術後は、翌日からリハビリをします。23日のお母さんの法事には、10日あるので、たぶん出かけられます。かなり痛いけどリハビリを頑張ってもらわんとね。

今回の手術は、がんを切除するということはもちろん、結腸と卵巣のがんを術中に病理検査に出して、診断を確定するためでもあります。手術は、がんを切除するだけでなく、診断を確定するためにも必要ですから、手術はしたほうがいいですよ。手術しましょう」

「はい。わかりました。お願いします」

まずは、がんを取り除くという治療法には納得できたし、自分としても望む治療であったので、同意した。術後の確定診断が出たら、セカンドオピニオンを受けたいことも伝えた。

外科の主治医と話すのは、今日が2回目。3日ほど前に、病室に「僕が手術を担当します」とあいさつに来られて、その時に今回のＩＣの日程を決めてもらったわけだが、10分ほど話をしただけ。主治医の説明や診断に不満があるわけでも、信頼できないわけ

でもない。（というより、信頼する・しないの関係にも至っていませんけど）

セカンドオピニオンについては、複数の医師からの診断結果や治療に関する方針を聞いたほうが、自分の治療に関する選択肢が広がると思ったから。だから、入院した時から、セカンドオピニオンは利用するつもりでいた。

主治医は、一瞬、驚いたような顔をされたようにも見受けられたが、

「わかりました。どこの病院にするか決めていますか？」

「はい。A大学病院です。紹介していただける先生がいらっしゃるので」

「んじゃ、また、その時は教えてください。準備しますから」

「はい」

これからの治療においても、私は医師からの（一方的な）指示や提示だけでなく、自分が主体となっていたいと思う。私自身が、主導権を持っていたいと思う。病気と向かい合い、ともに生きていくのは、私自身なのだから。

◇7月11日　手術前日

右首の中心静脈栄養のカテーテル挿入口あたりの痛みも治まらず。左側のカテーテルも、内科主治医から手術前に炎症を起こしては危険なので取りましょうと言われ、取り外す。

外科病棟に転棟し、個室に入る。

病棟師長さん、担当看護師さんに続き、実習学生指導看護師があいさつに来られる。実習生を私の担当につけさせてもらえないかとの相談。

消化器内科では、主治医は専門医。中心静脈カテーテル挿入では手技ミス（?）もあった。担当看護師は4月に入ったばかりの新人さんで、何を聞いても、「先輩に聞いてきます」「私からも先生に聞きますが、ご自分でも聞いてくださいね。お願いします」と繰り返す。

頼りない……。大丈夫かしら……。病院に対して、少し不安が募っていた。

どうしようか……。一瞬、迷ったけど、私も職場では新人を指導する立場であり、育成するには実習は欠かせない教育課程だ。

「はい。いいですよ」

そう答えた。

折り返し、実習生さんが入ってきて、緊張した顔で自己紹介。おとなしそうな感じだけど、真面目な感じで、まずは安心。外科の研修医さんもあいさつに来られる。とても繊細で優しい感じの先生。外科より内科向き（?）な感じかな。

午後、外科のT主治医からは、

「もしかしたら……。熱が出てしまうと明日の手術はできなくなるかもしれない。できるだけ、手術できるようにしたいけど」

と言われた。

痛み止め薬は、座薬ボルタレンも錠剤のカロナールもリスクがあるので手術前の今日はNGとのこと。

夕方、麻酔科の医師（またまた若い！）、麻酔科看護師、手術室看護師より次々と問診あり。また、産婦人科の医師（また若い！）も、「手術に立ち会いますので、お願いします」とあいさつに来られる。

「どうしても痛くて眠れない場合は、眠剤を出しますから」と看護師さんが言ってくれました。

なんとか……痛みに耐えながら、12時頃眠りにつく。
◇7月12日　手術当日
朝、術前の血液検査を受ける。

術後のリンパ浮腫の予防のために、弾性ストッキング（靴下）を履く。下剤の服用はなし。手術着に着替えて、時間を待つ。

T主治医が来て「熱はないので手術はできます。頑張りましょう」と言われる。実習生の看護師さんや指導看護師、外科の研修医さんが「今日は手術を見せてもらいます。お願いします」と次々にあいさつに来られる。

手術時刻の午前10時になり、自分で歩いて手術室へ向かう。手術室に入ると、医師や看護師が並んでいる。研修医や看護学生なども今回オペに入るということだったので、8～10人くらい（？）がずらりと並んでいた。

さすがに緊張する。

そのまま、ストレチャーにのり、目を閉じる。かなり奥の手術室まで運ばれる。

全身麻酔の前に、硬膜外麻酔のためのカテーテルを挿入される。この手技は、前日、問診に来た若い麻酔科医が行った。硬膜外麻酔とは，術後も持続して麻酔薬を注入することにより痛みを和らげるために行うもの。手術後は、翌日から、歩行リハビリをしなくてはいけないそうで、できるだけ、痛みを和らげてからだを動かせるようにするため。脊椎（背骨）の中にある脊髄の側まで針を刺し、その中にカテーテルを通し、脊髄を包んでいる硬膜の外側（硬膜外腔）にカテーテルを留置し、そこから麻酔薬を注入する。脊椎（背骨）の間から針を刺すために、背中を麻酔科医に向けるように横向きになる。麻酔科の看護師さんがからだを抱くように支えてくれる。このとき両膝をお腹につけ、首はおへそを見るように曲げ、できるだけ丸くなる。

まず、硬膜外麻酔の針を刺す部位に、細い針で痛み止めの注射をする。これはそれほど痛い注射ではない。次に太い硬膜外麻酔の針で注射をする。これは、かなり痛かった。思わず「痛い！」と声が出てからだが動いた。

この太い針が硬膜外腔に達すると、硬膜外腔に細いカテーテルを挿入し，留置する。

そばに指導医がついていて、「そうでなくて……」「こうして刺すんだよ」などと指導しながら行っていた。そのためか、時間もかかっていた。

硬膜外カテーテルの挿入が終わったらテープで固定され，その後仰向けになり、全身麻酔を受けた。あっという間に意識がなくなり……。「終わりましたよ。これ（おそらく、人工呼吸器）取りますね」という看護師さんの声が聞こえたが、また、意識がすーっと……。

ふっと気づくと、病室に戻っていて、弟の横顔が見えたが、また、すーっと意識がなくなった。

（手術は予定通り、15時頃に終わったそうです）

麻酔が効いているのか、意識が戻ったり薄らいだり。時間が経つにつれて痛みが増してくる。からだじゅうに、いろいろなチューブや装置がついていて、からだも動かせず。口には酸素マスク、鼻にもチューブ、腕には点滴、血圧やサチュレーション測定器。足には、浮腫予防のために、空気圧マッサージ器がついている。

看護師さんに「痛みますか？」と聞かれるも、「いたぁい～い」と言葉もはっきり出せず。痛みがどんどんひどくなる。看護師さんが痛み止めの点滴を調整してくれるけど、耐えられない。

夜中（?）頃、酸素マスクが取れる。

「明日の朝には、鼻のチューブも取れますよ」と看護師さんが言う。

「はぁ〜い……」
◇7月13日　術後1日目
ようやく朝になる。

鼻からのチューブ、左手のサチュレーション、血圧計が取れる。右腕の点滴は栄養補給のため、食事ができるようになるまではこのまま。また、右首の血腫の抗生剤もあるため、当面取れないとのこと。

お腹が痛くて仕方ない。耐えるしかない。熱も38度ちょっとあり、からだがだるい。

回診でのガーゼ交換の後、着替えと清拭を実習生の看護師さんと指導看護師さんにしてもらうが……。少しでも、からだを動かすと激痛が走る！

実習生さんなので、まだ慣れていないため、時間もかかるし、動かし方も不慣れなので、痛い。「もうけっこうです」と言いたいくらいだが、我慢する。清拭と着替えの後、痛みに耐えていると、看護師さんが来て、「さぁ、少しからだを起こしましょう」とベッドのギャッジアップを60度くらいまで上げられる。

「このくらいで20〜30分くらい、からだを起こしておいてくださいね」

ギャッジアップしている時に、すでに激痛！　5分と我慢できず、ベッドをもとに戻す。しばらくして、また、自分でギャッジアップして、少しずつからだを起こすリハビリに耐え続ける……。

15時頃、実習生さんと指導看護師さんが来て、足の空気圧をはずしながら、

「さぁ、今日の目標はまず少しでも歩くことです。頑張りましょう」

えええええええええっっ〜〜〜。

とにかく、からだを動かして、腸に刺激を与えないと腸が癒着してしまうらしい。有無を言わせない勢いで、看護師さんがからだを起こすように支えてくれるけど……。痛みで涙が出る。まず、寝返りをして、からだの向きをかえる……。激痛！

足をベッドから少しおろし、少しでも、お腹に力が入れば、激痛！

腕の力でベッド柵にしがみつくように、なんとかからだを起こして……。どうにか座れた……。

今度は、からだを前に倒すようにして、立ち上がる……。点滴スタンドにしがみつくように、腕の力で立ち上がる。そろそろ……。足を踏み出す。踏み出すたびに、お腹に響いて痛みが走る。病室から廊下のトイレまで10ｍほどの距離を往復する。

今度は、座って、ベッドに横になる……。何をするにも腹圧がかかり、激痛との戦い。

「できたら、今日はこれを3回くらいはしてくださいね」

にっこりと笑って看護師さんは言う。

「はい……」

とにかく痛いけど、頑張らないと。頑張らないと、23日に出かけられない。頑張るしかない。なんとか看護師さんから言われた3回をこなすことができ、歩く距離は長くなった。廊下をなんとか1往復できるまでになった。

が……。夜間は、痛みが強く眠ることもできず、痛み止めの点滴をしてもらう。
◇7月14日　術後2日目
朝方、再度痛いと訴えるも、痛み止めは間隔をあけないとできないと言われる。

またまた、回診の後、着替えと清拭……。痛みに耐える。

「傷はきれいになっていますよ。見てみますか?」と看護師さん。

「はい」と言って、上からおへそあたりに視線をおとす。

ばっさり縦におへその上から、恥骨あたりまで20cmくらいの傷。きれいかどうか? わかりません。

今日も熱は終日37度後半。終日、とにかく痛みと戦い、起き上がり廊下を歩く。少しずつ歩けるようになる。痰が少しあるが、咳き込むと痛くて痛くて、出せない。

食事は、まだガスが出ないので、点滴のみ。看護師さんも聴診しながら、お腹もあまり動いていないですね……と。

癒着の予防と腸の動きをよくするための漢方（大建中湯）を処方される。右首の血腫のCTを撮る。

◇7月15日　術後3日目

回診で導尿カテーテルと硬膜外麻酔のカテーテルがはずされる。少し動きが楽になる。これで、トイレに行ける。というより、痛くても歩いて行かなければいけない。

排尿は、少し感覚が鈍っているかもしれないので、早めに行くようにする。力が出ないので、しっかり出し切れないし、膀胱あたりに痛みもあり。また、導尿カテーテルを入れていたせいか少し出血あり。

やはり、今日も熱は37度後半。熱があるのは、からだの中で炎症を起こしているためで、合併症のリスクがまだあるということらしい。

実習生さんに洗髪してもらう。実習生さんは、毎日、一生懸命に看護にあたってくれる。とても熱心。指導看護師も、非常にしっかりされていて、信頼が置ける。いろいろと配慮して、主治医との調整も気にかけてくれる。

傷はもちろん、ドレーンの挿入部あたりに、かなりの痛みがあるけど、廊下の往復もなんとかできるようになった。お腹もゴロゴロ動いている様子。よかった。

◇7月16日　術後4日目

ガスが少し出る。ガスを出すにも、お腹に力が入らず出し切れない。

お昼から流動食始まる。半分も食べられず。お腹が張って、ゴロゴロいう。苦しい。

夜、少しだけ、便が出た。よかった。でも、お腹には力が入らず、ウォシュレットで刺激してなんとか……出ました。少しずつ、お腹は動いているようだ。

終日、リハビリを頑張る。この病棟の廊下は80ｍとのこと。1日で10往復以上できるようになった。

◇7月18日　術後6日目

食事が5分粥になる。熱もほとんど平熱になった。排尿時の出血はわずかだけどまだあり。排尿時の痛みは和らいでくる。

傷の抜糸はないということ（傷口は、からだの中で溶ける糸で、内側で縫いつけている術式なので抜糸はなしです。この術式のほうが、傷跡もきれいになるそうです）。

手術の翌日に歩くように看護師さんから言われた時は、涙をこらえて歩いた。こんなに痛くて23日は大丈夫なのかと心配だった。でも、人間の回復力はすごい。1日1日と回復していく。傷口も色が薄らいできた。歩いたり、腹圧がかかったりすれば、まだまだ痛みはあるが、自分である程度のこともできるようになった。

◇7月19日　術後1週間

食事が全粥に。副食も普通のおかず。

結腸に挿入されていたドレーンがようやく取れる。右首の血腫も治まってきたので、抗生剤の点滴が終わる。これで、全部取れた。でも、痛みはかなり残ったまま。特にドレーンが入っていた左下腹部の痛みは辛い。

午後、シャワーの許可が出て、シャワーをする。手術の傷をマジマジと見る……。確かにくっついてはいるけど……。かなり惨い感じ。

◇7月20日　術後8日目

病室が2人部屋になる。本当は個室のままがよかったけど、手術する人のために空けないといけないので。

食事が米飯になる。相変わらず、半分しか食べられない。胃が小さくなっているのか、すぐにお腹いっぱいになる。また、無理して食べると、お腹が張って痛くなる。

便は2日に1度くらい。小指ほどの大きさの便がいくつか出るが、力が入らず時間がかかる。出そうで出せない。

痛みはあるが、術後の合併症のリスクはほとんどなくなったはず。23日に退院できるかどうか、T主治医に聞いてみる。

「う～ん、どうしようか。腸も動いているし、傷も順調だしね。リハビリも頑張っていたから、退院してもいいけど。大丈夫？」

「はい。痛いのは仕方ないんですよね？　リハビリなら家でできます」

「う～ん。いつにしますか？」

「今日、外出してみて、大丈夫だったら、22日がいいです」

午後から、自宅へ外出する。仏壇の父の位牌と母の遺影に「ただいま」と声をかけて、椅子に座る。ほっとする。ベッドからの起き上がりは、病院と違い、ベッド柵もなく、ギャッジアップもできないので、辛い。痛い。それ以外は、なんとか大丈夫そう。

◇7月21日　術後9日目

T主治医より退院調整。

「昨日はどうでした?」

「はい。なんとか大丈夫です。明日、退院でお願いします」

「んじゃ、そうしますか……。検査の結果が出ていないから、来週に外来受診を入れておきます」

午後から実習生さんと指導看護師さんから、退院後の生活についての指導を受ける。実習生さんが、退院後の生活のためのお手製の読本を作ってきてくれる。40分ほど、腸閉塞のリスクや食生活などの注事事項を指導してもらう。

◇7月22日　術後10日目

朝、主治医に退院の確認をする。

「今日、退院でいいですか?」

「そうしますか。じゃ、退院計画書をあとで持ってきます」

予定通り、午前中に退院。外来受診は7月27日とのこと。診断結果が気になるけど……。

まずはほっとする。

結局、私の入院期間は、6月20日～検査、6月27日～手術日程、担当医決定待ち&経過観察、7月1日～手術日待ち&経過観察、7月12日手術、7月22日退院。

つまり、手術前約3週間、術後10日となった。私の場合は、手術が決まるまでが長かった。術後の入院期間は概ね予定通り（10日～14日くらいだそうです）。

告知は当たり前

私は「がん」であるということは、入院前の検査のときから何度か聞かされていました。病院へ入院した時も、「がん」という言葉が、病棟で日常茶飯事に飛び交っていて、最初は、驚きました。個人情報やプライバシーへの配慮は？と戸惑ったものです。

個室でならともかく、二人部屋や多床室でも、カーテン越しに、

「あなたのがんは、今……。こんな状態ですから」

「前の手術で見えるがんは取ったけど、今回は再発してしまったからね」

「これは、がんの痛みだから、薬で抑えられるから、そうしましょう」

などという患者さんと医師との会話が聞こえてきます。

もちろん、本人にきちんと告知されてからのことですけど。

今や、本人へのがん告知は当たり前です。特別な事情がない限り、本人へ告知されま

す。むしろ、自分ががんであることを受け止めなければ、がん治療はできないし、治療の選択もできないわけですから。

◇5月9日「悪性腫瘍の可能性」の告知　その1

私は、「がん」かもしれないと最初に診断されたのは、最初に受診した産婦人科のクリニックの医師からでした。

「かなり、厳しいことをお伝えしますが、検査の結果から、悪性の可能性がかなり高いです。大きな病院を紹介しますから、すぐに検査を受けてください」

「悪性というのは『がん』ということですか？」

「……そういうことになります」

「がんかもしれないか……」

独り言のように呟きながら、「では、病院を紹介してください」と答えました。

このクリニックの医師からは、一度も「がん」という表現はなく、「悪性腫瘍の可能性」という言葉で伝えられました。そのせいか、がんかもしれないというショックは多少ありましたが、まだ、検査をしないとわからないことだからと、自分に言い聞かせていました。

◇5月26日「悪性腫瘍の可能性」の告知　その2

紹介された公立病院の産婦人科でも、「悪性腫瘍」か「良性腫瘍」かという表現での説明が多く、「がん」かもしれないというように説明された記憶がありません。常に「悪性腫瘍の可能性が……」という説明に留まっていました。

そもそも、卵巣腫瘍というのは、外からの検査では確定診断ができないらしく、結局、開腹して診ないとわからないの一点張りでした。

はっきりしないことへの苛立ちや不安は大きくなってきましたが、がんかもしれないという不安は、現実味を帯びないままでした。

◇6月24日「がんの疑い」の告知　その1

初めての「がん」告知は、入院後の消化器内科の主治医から。主治医から渡された説明書には「大腸がんの疑い」と表題がついていました。

注腸検査、大腸カメラの検査結果の画像を見せてもらいながら、

「この腫瘍は、我々は、がんと考えています。ただ、典型的な原発巣の大腸がんとは違っていて、転移性がんなのかどうかは、この画像からは診断できません。手術時に細胞を採って病理検査をしないと確定できません」

「がんであることは間違いないのですか?」

「はい。おそらく……。ほぼ確定していいと考えています」

「卵巣は?」

「卵巣については、私は専門でないのでお答えできません」

説明書には、「大腸がんの疑い」とありますが、主治医からの告知は疑いでなく「がん」告知でした。

なんというか……。TVドラマで見るような重々しい雰囲気はなく、淡々と事実として伝えられた感じでした。主治医はなんの躊躇もなく、むしろ、普段よりも、（よく言えば）凛としていました（主治医は、研修後の専門医で、まだ若い女医さんです）。悪く言えば、事務的、機械的かもしれません。

でも、主治医の告知が、淡々としていたせいか、私自身も感情が表出しないままでした。今までにも「悪性腫瘍」「がんの疑い」という説明が、やんわりとあったせいかもしれません。

それよりも、早く手術して取ってほしい。早く取って、母の四十九日の法要までに治してほしい。その思いのほうが強く、がんであるという告知が、あまり現実的ではありませんでした。

このとき私は、手術＝がんの切除＝完治、と思っていたのでしょう。

◇7月1日「がんの疑い」の告知　その2

次の「がん」告知は、手術担当が一般外科と決まり、その一般外科の担当医からでした。

私の場合、大腸が原発巣なのか、卵巣が原発巣なのか確定できず、そのため、産婦人科が担当するのか、消化器一般外科が担当するのか、なかなか決まらなかったようです。大腸がんの転移先には、肺や肝臓が多いのですが、卵巣にもがんがあると、どちらが原発かわからず、科同士でけっこうもめる（いわゆるたらい回し）らしいです（これは他クリニックの医師からの話）。

ICとしては、消化器内科の主治医と同じ。やはり、説明書には「S字結腸がんの疑い　卵巣腫瘍」とありますが、主治医からは「がん」告知でした。あとは、手術内容や合併症のリスク、輸血についての説明が加わりました。

「たぶん、がんの原発はこの大腸だと考えています。だから、がんのあるところから前後10cmくらいずつ切り取って、その後、縫い合わせます。

卵巣のほうは、見てみないとわからないけど、どちらにしても切除します。

パターンとしては3つ。まず、卵巣自体も原発巣がんの場合。つまり、大腸とは別のがんの場合。この場合は、手術後、大腸の治療はこちらで行い、卵巣がんの治療は婦人科で受けることになります。

2つめは、大腸がんからの卵巣への転移の場合。この場合は、大腸がんの転移として、治療します。3つめは、卵巣はがんでなく、良性で問題なしという場合」

この時、はじめて、卵巣の腫瘍に「がん」という表現がついた説明を受けたことになります（これまでは、腫瘍という表現に留まっていました）。私の頭の中で、「転移性がん」という言葉が、少しひっかかりました。でも、やはり、手術＝がんの切除＝完治、と思っていたのです。

だから、あまり深刻に考えることなく、母の法要に間に合うよう、早くよくなって退院したい。その思いだけでした。

がんという病気は、手術＝がんの切除＝完治、とは限らない。むしろ、がんの切除の後こそ、本当の治療の始まりであることを、私は知らなかったのです。

◇7月27日　進行がんの告知

退院後、初の外来受診。術中の病理検査の結果とともに、今後の治療について説明を受けました。なんとなく、頭ではわかっていたこと、覚悟していたこと……。

「これからの治療のことだけどね、抗がん剤治療を行っていかないといけない状態。ただ、今の医療では、あなたのがんは、完治できないから、再発するまでの時間を長引かせるというか、普通に生活できる期間をできるだけとっていくという延命的な治療として考えてもらったほうがいい。

大腸のがんは、外に顔を出している状態で、大きさはそれほどではなかったけど、かなり深かったんだよね。手術で、今ある「しこり」は全部取ったけど、がん細胞はからだに残っているから。腹水も少しあって、そこにもがん細胞があった。もちろん、腹水は洗い流してはいるけれどね」

「卵巣は転移だったんですか？　卵巣がんの抗がん剤治療も受けるということですか？」

「卵巣のほう（腫瘍）は、大きかった。だけど、卵巣は、原発巣でなく、大腸からの転移と考えているから、抗がん剤治療は、大腸がんとしての治療を行い、卵巣がんの治療は考えていないけど」

「進行ステージは？」

「ステージはⅣ。転移があるから」

「延命的な治療なら、副作用の強い抗がん剤治療は、受けたくないです。副作用のない治療法を考えたいです」

「抗がん剤の治療は、副作用も少なくなってきている。仕事をしながら受けている人もいるしね。副作用が出てきたら対処しながら、減量して調整していくこともちろんできる。耐えられない範囲のことではないと思う。自分が手術をした患者さんだから、頑張ってほしいと思う」

「私の場合、抗がん剤治療はどのくらい続けるんですか？」

「たぶん……ずっと。抗がん剤治療を受けていれば、年単位で延命できる。2年生きていられれば、新しい薬も出てくるかもしれない。治るかもしれない」

「……」

「じゃあ、これからあなたはどう生きていたい？　再発までの時間をどうしたいと考えているの？」

「これからですか……」

「それから、弟さんは今日一緒じゃないけど、どうしようか？　僕から電話して話しておいてもいい？」

「いいえ、大丈夫です。私が話しますから」

「もし、弟さんから連絡があったら、話してもいい？」

「いいえ。私が話しますから、いいです」

「心配だなぁ。なんか強がって話してしまうんじゃないかって。『大丈夫。抗がん剤治療を受ければいいって』くらいにしか話さないんじゃないかなって思ったんだけど。家族に心配をかけたくないって思うのはわかるけど、これからは頼っていかないといけない。甘えていかないといけない。ひとりでは乗り越えていけないことだから。僕から、話をさせてもらえないですか？

何を心配しているの？　経済的なこと？　治療費は高額療養費制度など公的な援助が受けられるから、あまり心配しなくてもいいと思うけど」

「経済的なことは心配していませんから大丈夫です」

「抗がん剤治療は、患者さんに黙って進めることはできないから。あなたがどうしたいか、それをできるようにするのが僕の仕事だから。セカンドオピニオンも含めて、もう一度、考えてみて」

横を向いていた私の顔を少し遠くから覗き込むようにして、そう主治医は言いました。怒っているようではなく、大丈夫かなぁと心配そうな顔をしながら、微笑んでいたように感じました。

「はい。次回にはセカンドオピニオンも含めて考えて、弟と一緒に来ます」

そして、カルテに次回受診日を入力しながら、先生はつぶやいていました。

「きっと良いように考えるようになるから……」と。

良いようにってどういうこと？と一瞬、私は思いました……。

誰にとって、本当に良いようになのか？

もっと動揺するのかと思っていましたが、主治医の話をひとつひとつ聞くことができていたように思いました。診察室を出てからも、家への帰り道でも淡々とした自分がいました。

でも……。家に帰ってふっと窓の外を見たとき……。急に涙が溢れました。がんと告知されてから初めて泣きました。どうして涙が溢れるのか……。わからないままに泣き続けました。

もしかしたら、今まで母の法要のことで自分の気持ちが精一杯だったのかもしれません。というより、母の法要を理由に、自分ががんであることから現実逃避していたのかもしれません。母の法要が終わったからこそ、もう逃げることができず、自分ががんであることを受けとめざるを得なくなったのかもしれません。

「誰か助けて！」

急にそう思いました。思わず、仕事先に電話して、上司である課長につないでもらいました。課長に、検査の結果を泣きながら話し終えると、課長が「いいのよ。泣いてもいいの。泣きなさい」と言ってくださいました。

泣いてもいいんだ。我慢しなくていいんだ。そう思うと、涙はとまらなかったけれど、少しだけ心は楽になりました。誰かに話して聞いてもらうことで　心は楽になります。救われます。

ひとりでは乗り越えられないから……。

主治医の言葉がどこからか聞こえたような気がしました。

告知を受けた後の心理状態

7月27日、告知当日。さすがに進行がんと告知された日は、ショックでどうしていいのかわかりませんでした。

「どうして私が？」「これからどうなるの？」「年単位での延命ってどういうこと？」

進行がん＝つらい治療＝死、というイメージが大きく襲ってきます。何をする気も起こらず、食事もできず、泣き止んだかと思うと、また、涙が溢れる……。泣き疲れて眠った1日でした。

◇7月28日　告知後1日目

友人ふたりが会いに来てくれました。昨日、泣き腫らしたせいか、朝目覚めたとき、昨日の告知が悪い夢のようにも思えました。感情は昨日ほど湧いてこない。気持ちが落ち着いているようにも感じました。現実逃避でしょうか……。

これからどのように生きていきたいのか、そのためにどんな治療を受けていきたいか、友人と、自分の気持ちを整理しながら話すことができていました。少し、涙ぐむことはあっても、感情を取り乱すことはありませんでした。

◇7月29日　告知後2日目

また、気持ちが落ち込みました。高濃度ビタミンC点滴療法を受けに出かけ、その後、少し、気分転換にウィンドウショッピングをしました。鏡に映る自分の姿を見て、「私、少し痩せたけど、顔もやつれていないし、こうして、外に出かけることだってできるのに……。目に見えるがんも全部取ったのに……。それなのに、治らないがんなんだ。いつまで生きられるかわからないんだ」。そう思うと、また涙が流れます。

「どうして私が？　どうして私なの？」「何か悪いことしたかな？　それなりに一生懸

命生きてきたのに……」

　そう自分を責めてしまいます。
◇7月30日　告知後3日目
　職場の人が会いに来てくださいました。職場の話をしている時は、それなりに笑ったりもしました。ただ、やはり、進行がんであることを話し始めると涙が出ました。どうしても……。あとどのくらい生きられるのかと思うと辛くなります。
◇7月31日　告知後4日目
　大好きなアーティストのライブに出かけてみました。からだは大丈夫かと自分でもかなり心配でしたが、気持ちが晴れることで免疫力があがることも大切だし……。思い切って出かけました。

　席は、なんとアリーナ席、最前列のセンター席で、メンバーが躍ると、ほとばしる汗まで見える席です。この会場でおそらく一番の一等席です。

　神様は……。これが最後のご褒美よ。思いっきり楽しみなさいね。そう言うのでしょうか？　それとも……。この次も、来年も、このライブが楽しめるように頑張るのよ。そう言っているのでしょうか。

　そう、思いっきりライブを楽しめるように頑張らなきゃ！　来年も再来年もライブにくるんだ！　そう思いました。

思いっきり楽しみました。さすがに、1時間ほどするとからだに疲れを感じ、腹部への多少の痛みを感じるようにはなりましたが、ライブを楽しめるまで身体的には回復しています。気持ちも、前向きになり始めています。

◇8月1日　告知後5日目

自分の気持ちをコントロールする術が少しわかってきたように思います。どうしたらいいかは後程のブログで。

◇8月3日　告知後1週間

職場の職員が会いに来てくれる。普段と変わりのない笑顔に、元気になりました。

がんと共存する

がんは、いまや2人に1人がなる病なので、特別な病気ではありません。何か悪いことをした報いでがんになったわけでもなければ、何か間違った生活習慣でがんになったわけでもないのです。もちろん、生活習慣で思い当たる人（私もそうですけど）もいるかもしれませんが、自分だけが悪かったわけではないはずです。

また、もし、ご家族ががんになってしまっても、どうしてもっと早くに気付けなかったのだろうとか、生活習慣や環境を整えてあげられなかったのだろうと責めることはありません。自分を責めると辛くなるばかりです。進行がん＝死というイメージに縛られていると絶望感や無気力感に襲われます。

今や、3大治療（外科治療、抗がん剤治療、放射線治療）だけでなく、保険適用外の治療であれば、先進医療や民間療法、代替療法など選択肢は増えています。進行がんでなければ、早期発見であれば治る病気でもあるのです。

そして、進行がんであっても、医療は著しく進化し、数年ごとに新薬や新しい療法も出てきています。私の主治医が言ったように、年単位で延命していけば、治る薬も出てくるかもしれないのですから。

生きることをあきらめない。治療をあきらめない。自分らしく生きていくことをあきらめずに、信じること。そして、生きる目的をしっかり持つこと。最後までがんに対して、自分の人生に対して取り得る方法はあるのだと信じて、あきらめずにそれを見つけていくことだと思います。がんと共存して生きていくのなら、きっと……。

「がんは慢性疾患」くらいに思えるようになればいいのでしょうね（私は、今はまだ、そこまでは思えませんけど……）。

ひとりで抱え込んで孤独にならない

どうしてもひとりになると、この辛さや悲しみは誰にもわからないと考えてしまいます。自分ががんであることを自分一人で抱え込まないことです。泣きたければ泣いていいいし、感情を出し切ってもいいのです。むしろ、そうしないといけないと思います。ひとりで抱え込み、強がっていては乗り越えられません。

またまた、主治医の言ったことが思い出されます。

「ご家族に甘えてください。弟さんに甘えないといけないんですよ……」

私には、もう主人も両親もいません。子どももいないので、ひとりで生活しています。家族は、3歳半下の双子の弟だけです。ふたりの弟はよくしてくれています。ＩＣにも同席してくれました。何かあれば、すぐに来てくれ助けてくれます。今後、もし、私ががんの再発や治療において、ひとりで暮らすことが難しくなったら、一緒に暮らせばいいと言ってくれています。

弟は、けっこう楽天的というか、ポジティブです。

「取れるものを全部取ったんだから大丈夫だって。今や、がんは治る病気だから。余命を宣告されても、それ以上に長生きしている人はいくらでもいるんだから。がん細胞なんて、誰でもあるもの。みんな一緒だって。まぁ、上手く付き合っていくしかないさ」

時には、本人よりも家族が悲観的になってしまう場合もあるかと思います。幸い、私の弟はふたりともポジティブです。

また、職場に復帰するなら、誰かひとりでもいいので、がんであることを伝えておいたほうがいいとも思います。できれば、上司がいいと思います。

再発や治療において、仕事を休むことになったりすることもあります。また、精神的に不安定な時もあります。その事情を知ってもらっていることで、ある程度配慮してもらえるのなら、職場にとっても、自分にとってもいいことです。

私の仕事は、急に休んだりすると、かなり職場に影響を与えるので、上司（女性）に最初の診断の時から状況をすべて話しています。また、私はこの上司を、人としてもとても尊敬しているので、職場での関係を超えて信頼して話をしています。上司も私の家庭環境や事情を理解してくださっています。

私は、ひとりで暮らしていますが、孤独にならないように、家族や友人、職場の上司に気持ちを話すようにしています。

笑顔でいること

笑顔でいましょう。笑うことで、免疫力も高まります。辛いけれど、悲しいけれど、苦しいけれど……。笑顔を忘れないでいましょう。

そのためには、笑顔になれる場所をつくりましょう。ご家族や友人とどこかに出かけるのもいいでしょう。お気に入りのお店や好きな場所でゆっくりするのもいいでしょう。家に閉じこもっていないでくださいね。

私もリハビリを兼ねて、散歩したり、ウィンドウショッピングしたり、ちょっとドライブしたりして、できるだけ外に出かけています。好きな映画やアーティストのライブのDVDを見たり、お笑い番組を見たりもしています。今度は、映画を見に出かけようかと思っています。

私は、入院中、毎日、口角トレーニングをしていました。入院していると、笑うことも少なくなってしまいます。表情筋は使わないと衰えてしまうので、笑顔が引きつらないようにと思って、朝と寝る前の歯磨きの後、必ずやっていました。

ちなみに、入院中、腸閉塞のリスクが高く、食事が食べられなかったので、からだが痩せてしまうのは仕方ないと思っていました。でも、お見舞いに来てくださった方に「顔がやつれたね」と思われないように、お顔のマッサージは欠かさず行っていました。(時間もたっぷりあったので、熱心にお手入れしていました)。

だから、お見舞いに来てくださった方も、「元気そうでよかった」とみなさん、言ってくださいました。

「そう、私は元気なんですよ」

自分でもそう思えることが、病気と向き合う力になっていました。

生きる目標を持つこと

これが何より大切です。自分のこれからの目標を持ちましょう。

小さなことからでいいんです。大好きな○○を食べに行こう。映画を見に行こう。日帰りや1泊旅行をしよう。

趣味を持っているなら、やりましょう。私は、花が大好きです。まず、部屋に花を飾ろうと思いました。花屋さんへ行って、大好きな花を見て、どれにしようかと選んでいると心が癒されます。そして、部屋に花を飾ると、「きれいだなぁ」と思います。心が明るくなります。

心が明るくなれば、次に何をしようかと思えるようになります。友達に会いに行こう。職場に出かけてみよう。そう思えるようになりました。今は、大好きな仕事に早く復帰できるようになろう。そう思っています。

ただし、「しなければならない」目標はNGです。禁煙しよう。禁酒しよう。食事を制限しよう。これではかえってストレスがたまります。ストレスがたまると免疫力が下がりますから。笑顔になれる、楽しい小さな目標をひとつひとつやってみましょう。きっと生きる目標につながっていきます。

8月5日、仕事の出張で近郊まできた友人に会いにいきました。2時間ほどお茶をしながら、今の自分の気持ちやこれからの治療のことなどを話しました。

気持ちは落ち着いていました。でも、帰ってきてから、治療に関する本を読んだり、インターネットで情報検索しているうちに、気持ちが沈んできました。

私のような大腸がんから卵巣への転移の症例はあまり情報としては見当たりません。転移の多くが肺転移、肝転移です。それゆえに、再発率や生存率などの数字が統計上の確率とわかっていてもその数字に一喜一憂します。日によっても、1日の中でも、気持ちは揺れ動きます。

ただ、私は無理に前向きに考えようとか、落ち込まないようにしようとは思わないようにしています。辛いのは当たり前、悲しいのは当たり前、苦しいのは当たり前。だから、泣きたい時は思いっきり泣くようにしています。

辛い、悲しい、苦しいと思ったら……。今、私は辛いんだ、悲しいんだ、苦しいんだ、だけど、それはそれでいいんだ、無理しなくっていいんだ……。そう思いながら、自分の感情と向き合っています。

中途半端に、その感情を抑えて、無理して振り払っても、すぐに抑えた感情に押しつぶされます。しっかり感情と向き合えれば、自ずと、ドン底の自分から這い上がってきます。

今日は、少しお腹の痛みもありました。からだも少し疲れた気がします。

それから、大学病院でのセカンドオピニオンの日程が8月10日に決まりました。どんなことを医師から言われるのか……。そう思うとやはり不安が大きくなります。だから、気持ちも沈んでしまっているのかしれません。

高濃度ビタミンC療法

8月2日、クリニックにて、高濃度ビタミンC療法2回目。

50gのビタミンCを投与。50gのビタミンCを3回ほど投与すると、概ねからだの中のビタミンC濃度が300〜400mg/dlになるそうです。からだの中のビタミンC濃度が400mg/dlになると、がん細胞は死んでしまうらしく、抗がん剤の働きをするらしいです。

点滴は90分から120分ほど。あまり腕は動かさないようにと言われているので、リクライニングの椅子でウトウトしています。ハイペースでビタミンCを点滴するので、血管に痛みが起こるようで、点滴の中に血管拡張剤が入っているそうです。

今日は、少し気になる程度でしたが、痛みましたので、先生に伝えると、次回は血管拡張剤を増量しましょうということでした。

先生と抗がん剤の話を少ししました。先生からも、抗がん剤投与を勧められました。

「卵巣も大腸も比較的抗がん剤が効くがんなので、できれば、今のうちに叩いてしまったほうがいいような気がします。どうでしょうか？ 抗がん剤をしたくない理由はどんなことですか？」

私が、今、抗がん剤を治療として選択することを拒んでいるのは、一人暮らしなので、副作用がひどい場合の不安がとても大きいからです。何かあったらどうしよう、このままいつまで続くのだろう、一人で大丈夫なのか……。誰かと一緒に暮らしているのなら、考えも違ってくるでしょうけど。

それから、仕事への影響も考えます。副作用で休みがちになるようなことはしたくありません から。

そして、再発の可能性が高いのなら、再発までの時間軸のQOL（生活の質）を下げたくはありません。さらに、私はまだ、副作用の強い抗がん剤を使わなければいけない状態なのかどうか、自分自身でわからないのです。使わなければいけない理由に納得ができないのです。自分の生活のQOLと、治療の副作用と効果の両方を考えなければ答えは出ません。わがままかもしれませんが、私の人生ですから、私自身が納得したいのです。高濃度ビタミンC点滴療法は代替医療であり、抗がん剤に代わるものではありません。

8月3日、職場の男性職員2人が会いに来てくれました。普段と変わらない笑顔にとても元気づけられました。笑顔は人を元気にします。笑顔にあふれている職場に、早く復帰したいと強く思いました。

進行がんの告知を受けてから、1週間たちました。

自分のなかで、がんであるということが現実的になるとともに、ともに生きていく戦友のような気もしてきました。

3大治療以外の選択肢

私は、今、高濃度ビタミンC点滴療法を週3回、クリニックで受けています。副作用のない治療です。今後の治療法として、選択肢に入れているのは免疫細胞治療です。今日（8月9日）は、ANK免疫細胞療法を行っているクリニックへ面談の申し込みをしました。8月10日、A大学病院のセカンドオピニオン。8月15日、公立病院T主治医に外来受診で、もう一度、治療方法（化学療法における抗がん剤治療）について聞いてから、8月19日に受けることにしました。

抗がん剤治療だけでなく、副作用の少ない高濃度ビタミンC療法やANK免疫細胞療法を考えているのは、どうしてか。治療の選択に必要なことは、「自分が納得できるかどうか」です。

まず、治療のあり方に納得できたから。抗がん剤治療は、外からの力として、がん細胞をたたきます。でも、抗がん剤は、正常細胞もがん細胞も区別がつきませんから、がん細胞とともに正常細胞にもダメージを与えます。

これが、いわゆる「副作用」です。副作用が強い患者さんほど、がんの縮小効果が見られたという症例報告もあるそうです。つまり、正常細胞へのダメージが強くなければ、がん細胞には効かないということでしょうか？

でも、正常細胞へのダメージが強くなれば、当然、免疫力も下がってきます。そもそも免疫がないために、がんになってしまっているのに……。

抗がん剤も効かなくなり、もう治療の手立てがなくなり、がん難民になってから、他の治療方法を探すのでなく、私は、「最初の治療設計」が大切だと思いました。

まず、抗がん剤でがんをたたくというのは、今あるがんへの局所療法に過ぎないような気がします。がんは細胞を変化させていきます。再発する時は、前と同じがんであるとも限りません。

であれば、変化したがん細胞にも打ち勝って、再発を防ぎ生きていくためには、がんに打ち勝つ自分の力、つまり免疫力を高めたい。そう思いました。

もし、生きる時間に限りがあるのなら、自分らしく最後まで生きていくことを大切にしたい。人それぞれに、家族や家庭のあり方、仕事への考え方、人生において大切にしたいことは、様々であると思います。

私のＱＯＬを考えると、抗がん剤治療における副作用を、今は少なくとも受け止めきれない自分がいます。私には、一緒に暮らす家族がいません。子どもには恵まれず、もう、主人も両親もいません。兄弟である弟がふたりはいますが、それぞれに家族がありますから。一緒に暮らす家族がいないということは、これからの治療における副作用があった場合、自宅でひとりでそれを身体的にも精神的にも乗り越えていけるかどうか……。

とても不安です。ひとりで暮らしていきながらも、安心して受けられる治療を選びたい。それから、私は仕事にとてもやりがいを感じています。天職なんだろうなぁ……と思っています。副作用に悩むことなく、安心して仕事を続けたい。

実際に、大腸がんの抗がん剤の副作用を考えると、ケアの仕事は無理かと思います。

「やりがいのある仕事をしながら、ひとりでも安心して暮らしていく」

これを、今の私のこれからの生き方の礎《いしずえ》にしたいのです。これが正直な気持ちです。

もし、取り切れなかったがんが残っているなら、まず、抗がん剤でそのがんを小さくしてから他の療法を併用することを選ぶと思います。

どうしても、今あるがんを取り切ってしまったのになぜ……という思いがあります。

これは、明日のセカンドオピニオンでしっかり聞いてこよう。

そして、一緒に暮らす家族がいたら、抗がん剤治療を受けるかもしれません。何かあっても家族に助けてもらえる安心がありますから。

ＡＮＫ免疫細胞療法を行っているクリニックでの面談時に、病理検査のデータが必要ということで、公立病院のがん相談支援室へ、Ｔ主治医に病理データをいただけるかどうかの確認の連絡をしました。直接、Ｔ主治医に話をしてくださいということでした。15日の外来の時にお願いしようと思いますが……。

セカンドオピニオンを受けるだけでなく代替療法のクリニックの面談を受ける……。T先生からすれば、自分の提示する抗がん剤治療を否定する患者に過ぎなくなってしまうのかなぁ……。ちょっと後ろめたいというか、心が痛む感じがします。

もう勝手にしろ、と見放されるのか。それとも、本人が納得するまで付き合ってやろうと思ってもらえるか。う～ん、15日の外来、行き辛い。

セカンドオピニオン

8月10日、A医科大学病院で、消化器外科のS教授のセカンドオピニオンを受けてきました。病理検査の結果、卵巣転移だけでなく、腹膜結節もあり、取り除いたもののやはりステージはⅣの中分化腺がんの進行がん。リンパ管侵襲や静脈侵襲は、ly3・v3でした。リンパ管侵襲とは、大腸壁内リンパ管へのがんの侵襲の有無および程度を分類したもので、ly3は侵襲が高度の場合です。もうひとつの静脈侵襲とは、大腸壁内静脈への侵襲の有無および程度の分類で、v3は侵襲が高度の場合です。

漿膜《しょうまく》を有する部位の壁深達度はseでした。seはがんが漿膜表面に露出している状態です。

腹膜転移の状態は、詳しくは情報提供書になかったので、わからないということでした。卵巣への転移は珍しく、血行性転移であれば、肺や肝臓への転移となるが、卵巣の場合は、腹膜播種《はしゅ》によるものとも考えられ、状態としては厳しいとも考えられるそう。

腹膜播種については、15日のT先生の外来時に聞いてみよう……。

病理結果から今後の治療は、標準治療として抗がん剤治療を勧めたいということ。公立病院のT先生と同じです。抗がん剤以外の代替治療をするにしても、その治療が効いているかどうかをどう評価するかをよく考えたほうがいいと言われました。私の場合、腫瘍そのものは取り去っているので、腫瘍の縮小効果で評価することはできません。となると、腫瘍マーカーや血液検査になってくるのでしょう。

ちなみに、7月27日、術後のマーカーはCEA：8.9（標準値5以下）で、それほど高くないかな。

セカンドオピニオンを受けて、病理検査の結果を詳しく聞くことができて、納得できたことも多かったです。そして、少し心が救われた気がします。なぜなら、S教授は最後にこう言われたからです。

「どんな治療を選ぶにしても、自分が納得して選ぶこと。そして、できるだけ早く、いちばん強い方法でやってしまうこと（すぐにでも最強の力でがんをたたく）。それで、もし、再発したら……。あきらめましょう。やることはやったんですから」

そうか、あきらめてもいいんだ。

「あきらめてはいけない」と思い込んでいましたが、納得してすべきことをしたのであれば、治すことはあきらめてもいいんだ。あとは、限りある自分の人生をどう生きていくかを考えればいいんだ。

そう思うと、とても心が救われました。

8月15日。今、クリニックで週3回、高濃度ビタミンC点滴療法を受けていますが、1回目25g、2～4回目50gを点滴後、血液検査で血中のビタミンC濃度を見てもらいましたが、がん細胞を殺傷するために必要な濃度（400mg/dl）には至っていませんでした（310mg/dl）。

今週からは、75gを点滴してもらっています。

私がこの療法を受け始めたのは、日本におけるビタミンC点滴療法の第一人者、医学博士の柳澤厚生教授（元杏林大学臨床内科教授、点滴療法研究会会長、国際統合医療教育センター所長）を存じ上げていたからです。数年前に、柳澤先生の仕事のお手伝いをさせていただいたご縁があり、その後も、ご指導いただいており、今回も、がんの告知を受けた後、治療について相談させていただきました。

今後は、抗がん剤治療との併用も考えていますが、まずは、術後に副作用のない治療として、治療内容についても納得できたこと、また、柳澤先生を信頼していることから受けることにしました。

主治医との関係づくり

私の今の主治医は、公立病院一般外科のT先生です。30代前半（?）くらいですが、優しい先生というよりは、医師としての信念が強くプライドの高いドクターだと感じています（EXILEのMAKIDAIのようにひげを伸ばしています（笑））。

最初は、この先生で大丈夫かしら……と思いましたが、今では信頼しています。入院中も、毎朝必ず回診に来てくださり、学会などの出張の時は、帰ってきてから、遅い時間に来られました。ICでも、わからないことを質問すると、しっかり答えてくださいます。ただ、患者目線というより医師目線での話し方なので、弟たちには印象があまり良くなかったようですけど。

セカンドオピニオンをしたいと伝えた時も、一瞬、驚かれた（?）ようでしたが、すぐに診断情報提供の準備をしてくださいました。未だに治療方針を決めかねている私ですが、私を責め立てるようなことは全く言われません。先回の外来時にも「まぁ、もう一度、考えてきて」と言ってくださいました。これほど、優柔不断（?）な患者に愛想をつかされないかと内心、ドキドキしているのですけどね。

外科の先生にとって、手術を担当した患者の術後の治療においては、自分の知らない、認めない治療をすることに関しては、なかなか受け入れていただけない。やはり、自分が手術した後遺症なのか、その治療の副作用なのか、判断できない状態になってしまうからです。

内科医は薬で治しますが、外科医は、直接、自分の腕で治すわけですから、自分の範疇にないよそ者はNO！のようです。

それでも、15日の外来の時には、「免疫細胞療法をしたいんですよね。じゃあ、やりましょう」と言われました。

若干、私は、見放されたような感じありましたけど……。

正直にいうと、私の気持ちも少しずつ変わりつつあります。最初は、全く抗がん剤治療を考えていませんでした。副作用のある治療など絶対に受けない！　そう強く思っていました。でも、代替療法と併用という治療を考え始めています。

T先生には、併用治療を考えていることはまだ話していませんが、15日の外来の時に、「抗がん剤治療も受けるんだよね？」とさりげなく言われました。あれ？なんでわかるの？とドキッとしました。

そういえば入院中、回診に来られた時、「どうかしたの？」と言われて、「えっ？　どうしてですか？」と聞くと、「いつもと違った感じがしたから。何か精神的にあったかと思って」と言われたことがありました。もしかしたら、T先生は私が思っているよりも、私のことわかってくれているのかなぁ……。

私は、T先生のことは信頼しています。感謝もしています。これをちゃんと伝えたいな……。そう思いました。先生からすれば、抗がん剤治療を拒む私は、先生自身を信頼していないと思っているかもしれませんから。

治療で大切なことは、医師を信頼できるかどうかです。そして、信頼関係は、互いに築きあうものです。私からも、先生への信頼のかけ橋を架けなくては……。

告知の前、医師からのICに備えしておくこと

（1）自分が確認したいことをまとめてメモをしておくこと

ＩＣの際に、がんの告知をされると、パニック状態になります。いわゆる「頭の中が真っ白……」になります。あらかじめ、確認したいことをメモしておくと、家族が代わって質問することもできます。

少なくとも、以下の点についてはしっかり聞いておくとよいと思います。

①がんの病名（どこにできているか）
②がんの大きさ
③がんの進行度
④治療方法（抗がん剤治療、手術、放射線治療）

がんは原発部位やその大きさによって、治療方法も予後もかなり違います。同じ大腸がんでも、結腸がんと直腸がんでは、人工肛門のリスクもかなり違います。治療方法を

選択するにも、これらの情報はとても大切です。

ただし、手術を行い病理検査をしないと、進行度や原発巣が確定できないことも多いので、現状の検査結果として受けとめておきましょう。

（2）同席する家族を決めて話し合っておく

ＩＣには、必ず家族に同席してもらいましょう。告知の後、家族にがんであることを伝えるのは、とても辛いことであり、そのタイミングもなかなかつかめずに時間だけが過ぎてしまう……。それよりは、「検査結果を一緒に聞きに行ってほしい」と伝えるほうが、気持ちが楽です。家族も不安ながらそれなりに心の準備ができると思います。

また、告知によって自分自身がパニックになっても、同席する家族が、冷静に医師からの告知を受けることもできます（時に家族のほうが、パニックになったりする場合もあるようですが……）。

そして、医師からの話を自分自身と家族などの複数の人が聞くことで、思い込みや聞き違いなどを少なくすることもできるでしょう。

ＩＣ後、治療をどうするかを話し合う時にも、家族が同席して、直接医師から話を聞いていたほうが、客観的に考えることができます。患者本人だけの場合、やはり、主観的な思いや自分の思い込みで話してしまうこともあり、冷静に治療方法を考えることが難しくなります。

何より、家族と一緒に告知を受けることで、がんであるということが共有されます。これは、今後の治療を乗り越えていくために、いちばん大切なことです。

ただし、治療方法など、自分自身と家族との考え方を整理しておきましょう。ＩＣの時に、家族と本人の考えが違うと、より感情的になってしまいますし、医師も困ってしまいますから。家族に同席してもらうことは大切ですが、自分自身のことですから、自分自身の考えをしっかり自分で伝えてください。

また、家族は本人の希望や意向を尊重しつつ、家族としての意見を伝えてください。本人が主体です。家族が主体になりすぎないように……。

告知の後

（1）セカンドオピニオンを受ける（63ページ参照）

（2）自分のがんについて基本的な知識をつける

がんという病気については勉強しておく必要があります。自分自身で治療を選択するためにも、知識と情報は必要です。ただし、情報に振り回されたり、先入観を持たないことも大切です。情報を入手する時も、自分なりのガイドラインを持って選択したほうがよいと思います。

世の中には営利目的で再発を防ぐようなことをうたっている健康食品等の情報もあり

ますが、私は、そのような情報ではない学術的、中立的な情報を求めました。

そもそもがんはどういう病気なのか、再発というのはどのように起こるのか、がん細胞はどのように増殖して、それに対してどうすれば増殖は止められるのか、というようなもう少し生物学的、医学的な説明がほしかったのです。そして、どうしたら再発を防ぐ可能性があるのか、その根拠のある手段を知りたいと思いました。

（3）補完代替療法についても情報を入手する

3大治療のほかにどのような治療法があるのか、治療の選択肢を広げるために、インターネットで情報検索したり、いくつかの書籍も読みました。幸いにも、仕事の関係で交流のある、専門的にがん治療を行っている医師や看護師にも相談することができました。

自分のがんを知り理解することで、自分自身で治療を選択することができます。がんとともに生きるということは、がん治療と共存していくということです。自分自身が納得できない治療法であれば、共存していくことはできません。

自分のがんがどのような状態であるのか、その治療が何のために行われているのか、なぜ自分にとって必要なのか、意味を理解しないままで治療に耐えることは、つらいだけです。

（4）納得できるまで主治医に話を聞く

がん告知に関して、現在は、特にがん専門病院では「告げるか、告げないか」という議論をする段階ではもはやなく、「いかに事実を伝え、その後どのように患者に対応し援助していくか」という意味で行われています。

でも、「事実をありのままに話す」という名目のもとに、「ただ事務的に病名を告げる」感じも否めなかったと個人的には感じています。

本来は、患者と医師との信頼関係が十分にあってこそ、真に成り立つものなのでしょう。けれど、実際には、私の場合も、公立病院でも産婦人科、消化器内科、外科と転々と回され、その都度、担当主治医も変わり、「今日から担当医になります」のような関係の医師から、がん告知を受けることになります。

よく「先生の言うことを信じて」と言われますが、何を信じたらいいのか、そんな不安もあると思います。だからこそ、自分が納得できるまで何度でも主治医からしっかり話を聞くことが必要なのです。

確かに最初は、大きく動揺しショックですが、少しずつ落ち着いてきたら、がんがどんな状態なのか、提示された治療はなぜ必要なのか、他の選択肢はないのか、どんなメリット・デメリットがあるのかなど、聞くことです。

告知を受けるということは、自分ががんであるということを、受けとめるということです。告知を受けても、自分ががんであることを受けとめることができなければ、病気と闘うことができません。自分のがんを知り、理解することが、患者としてがんと闘う第一歩です。

私も告知の時には、感情は表出しなかったものの、後から、あれこれ聞きたかったことが出てきました。やはり、落ち着いているように思っていても、どこかで動揺して、その場を早く離れたかったという思いはあったのでしょう。主治医の言うことをしっかり理解しようというよりは、聞くことで精一杯だったような気がします。だから、告知の後、あらためて、主治医にもう一度話を聞きたいとお願いしました。

主治医と納得できるまで話す機会を取ってもらってください。

セカンドオピニオンの受け方

セカンドオピニオンとは、「第二の医師の意見」。セカンドオピニオンを求めるのは、自分にとって、よりよい担当医を探すためではありません。現在、受けている診療が適切であるか否かについて、意見を求めるためですから、セカンドオピニオンでは、（治療行為を行わないので）診察や検査はありません。

ほかの医師に意見を聞くというのは、「そんな失礼なことなかなかできない」「医師への背信行為になるのではないか」「そんなこと言うと、怒られるのではないだろうか？」「後で、ちゃんと診察してくれなくなるのでは？」といった不安はどうしても出てくるものです。

今までの対応に少し不満があるようなそりの合わない先生なら、もう会わないと割り切り、セカンドオピニオンにより、転院、もしくは、他の医師に代わることもできるかもしれませんが、今まで熱心に診てくださっている場合なら、なんだか言い出しにくいというのはあると思います。

でも、セカンドオピニオンをすることで、主治医の治療方針に納得できればなお安心して治療を受けることができますし、別のより良い治療を選択する機会にもなります。

また、あってはならないことですが、誤診が発見されることもあり、医師にとってもリスクを回避できる安心なシステムと言えると思います。

大きな病院には、セカンドオピニオン外来というものが設けられているところもあります。ただし、セカンドオピニオン外来（自費診療）を受診する場合は、セカンドオピニオンは「診療」ではなく「相談」になるため、健康保険給付の対象とはならず、全額自己負担となります。私の場合は、3万円で時間は主治医への報告書作成時間も含めて、1時間以内ということでした。実際には、50分ほど話をしてくださいました。

◇セカンドオピニオンの頼み方

医師といえどもやはり一人の人間です。なぜ、私のいうことを信用しないのか、なぜ別の病院へ行こうとするのかと考えることでしょう。自分の説明に何か不足していることがあったのだろうかとか、これだけ説明したのに、患者さんがわかってくれていなかったのではないかといった、いささかやりきれない気持ちがあることはあろうと思います。患者としては、医師への配慮も必要です。セカンドオピニオンは患者の権利ではありますが、丁寧な態度で依頼することが大切です。

患者としては、当然の権利として紹介状を求めるのではなくて、自分としても診療内容をよく理解し、納得しておきたいからであることを、誠意をもって申し添えることが望ましいと思います。

私の場合は、「先生のおっしゃることはよくわかりました。ただ、かねてからの知り合いの医師がセカンドオピニオンの医師を紹介してくださるというので、その先生のお話も聞きたいと思います」とお願いしました。もし、直接、言い出しにくい時は、看護師さんに相談してみるのもよいでしょう。私も看護師さんにも相談しました。

また、大きな病院では「がん相談支援室」というところにセカンドオピニオンについて相談に行けば、相手先の病院へのセカンドオピニオン外来の予約をとってくれたり、主治医の先生にセカンドオピニオンを希望していることを伝えてくれたりもします。

◇セカンドオピニオン医の探し方

セカンドオピニオンのために専門医を求めるならば、担当医にお願いして、相談にのってくれる医師を紹介してもらうというのも一つです。別の病院でなくても、科の違う医師（内科、放射線科、腫瘍内科など）でもいいと思います。

また、インターネットや口コミで探してもいいかもしれませんが、大病院の名医がいいとも限りません。知り合いからは、大病院の教授などは、多忙で時間も取れなくて、あまり相談にならなかったという話も聞きました。誰に（どこに）依頼するかわからなくて困ったら、がん相談支援室に相談してもいいと思います。

◇セカンドオピニオンの注意点

（1）セカンドオピニオンをむやみに何度も繰り返さない

注意しなければいけないのは、「自分が希望する見解が得られるまで、何度も繰り返す」ということです。私のように「抗がん剤治療をすべきです」と言われたとしましょう。でも本当に必要かどうか、別の医師の意見も聞きたいということでセカンドオピニオンを得られることは非常に重要です。

かといって、「抗がん剤治療は嫌だ」と、他の療法を提案してくれる（自分が望む答えを出してくれる）医師に会うまで、何度もセカンドオピニオンを繰り返すことは、避けたほうが良いと思います。

特にがんについては、診断が確定した時点で速やかに治療に移行することが必要です。幾人もの医師を受診して回って、かえって自分自身が混乱したり、時間ばかりが過ぎてしまうことにならないためにも、セカンドオピニオンをするのは3回くらいにとどめて、その後は主治医とよく相談しながら、治療に取りかかることが大切だと思います。

ちなみに、実際には、主治医が提案する、もしくは行っている治療の妥当性をセカンドオピニオンの医師が証明してくれるケースが圧倒的に多いということです（知人の医師から聞いた話）。

（2）セカンドオピニオンを受ける目的を明確にする

自分自身がファーストオピニオンを聞いてどのように感じたのかを整理し、その上でなぜセカンドオピニオンを聞きたいと思ったのか、何を聞きたいと思ったのかを整理する必要があります。私は、メモをまとめて当日、そのメモを確認しながら受けました。

（3）セカンドオピニオンの結果を主治医に伝える

セカンドオピニオンでの意見が主治医と違っても、ちゃんとその内容を伝えましょう。そのうえで、主治医の意見を再度聞いて、メリットやデメリットを整理します。

もちろん、セカンドオピニオンを受けた医師から主治医には報告書が渡されますから、どのような結果になったかは、主治医にもわかるのですが、自分で何を思い、感じ、考えたかを話し合うことが大切です。

（4）自分自身ががんとどう向き合うのかをしっかり持つこと

セカンドオピニオンを受けて、主治医との意見が同じであれば、安心して治療を受けることができますが、相反する意見であると混乱します。

必要であれば、サードオピニオンを受けてもいいでしょう。私の場合は、セカンドは、先進医療で免疫細胞療法を行っているA大学病院。サードは、免疫細胞療法を主に行うクリニックで受けました。正式なオピニオンはサードまでですが、実際には、知人の医師にも相談しました。

ただし、最終的には自分自身がどうしたいかです。自分自身の生活スタイルや人生における価値観、家庭環境などを見つめなおして、自分ががんとどう向き合うのかをしっかり持っていないと、複数の医師の意見に翻弄《ほんろう》されてしまいます。がんと向き合うのは自分自身です。

T先生は私に言いました。

「大切なのは、あなたがどう生きたいか。僕の仕事は、それをできるようにすること」

サードオピニオン

8月19日ANK免疫細胞療法を行っている京都の東洞院クリニックへ面談に行きました。

ANK免疫細胞療法は、現在、リンパ球バンク株式会社が窓口となって、相談などを受け付けています。また、東京など各地でANKについての説明会やセミナーを行っています。

私がこの療法を知ったのは、今、高濃度ビタミンC治療を受けているクリニックもANK免疫細胞療法の実施医療機関になっており、免疫力を高めてがんと闘うという治療に関心を持ったことからです。また、『がん治療の主役をになう免疫細胞』(藤井真則現代書林)を読み、免疫力を高めるという治療法も選択肢の一つとして考えたいと思いました。

そこで、リンパ球バンク株式会社の窓口で、東洞院クリニックへの面談をお願いしました。

当日は、東洞院クリニック院長の大久保先生が1時間半ほどゆっくり時間をかけて、がんという病気がどういうものか、また、再発はどのようにして起こるのか、標準治療となる3大治療のメリット・デメリット、免疫細胞療法はどのような治療なのか、また、そのメリット・デメリットなどについて、図を描きながらメモを書きながら、丁寧に説明をしてくださいました。

大久保先生はとても温厚な方で、標準治療の必要性もしっかり話してくださいました。また、何度も「この場で治療を受けるかどうか決める必要はありませんからね」と言ってくださり、気持ちを落ち着けてお話を聞くことができました。

実は、もっとANKについて積極的に治療を勧められるのかと思いましたが、そうではありませんでした。ANK細胞のがん細胞への殺傷性が高くても、体内にあるがん細胞の数が多すぎてはとても太刀打ちできません。免疫細胞療法は「免疫細胞」対「がん細胞」の戦いになるわけですから、「がん細胞の数」と「がんの勢い」「がんが戦いやすい性質かどうか」によります。他の治療法と併用したほうが効率よい治療が行える場合もあるのです。

がんとの闘いをいかに有利に進めるかという立場で、標準治療との併用についてもわかりやすく説明してくださいました。私の場合も、「見えているがんはすべて取り切った」ということは「見えないものは取れていない」と考えなければいけないと言われました。大久保先生が提案された治療設計としては、免疫細胞単独で治療するよりも、抗がん剤治療でがん細胞をたたいてから、免疫細胞治療を行うことが望ましいということでした。

また、免疫細胞療法は、保険適用外の治療ですから、免疫細胞治療における検査などもすべて保険適用外となり、医療費も高額になります。

CTなどの画像検査も血液検査も、免疫細胞療法を受けるために必要となると、混合診療が認められていないので、保険がききません（免疫細胞療法だけでも、1クールで400万円くらいかかります）。

先生のお言葉をそのままお借りすると……。

「経過観察のための検査費用を考えると、今の病院での治療を続けて、その過程の中で、検査を受ければ、それは保険適用となります。また、今の病院で治療をしないで、検査だけを受けるというのも、主治医の先生からすると、あまり気持ちのよいものではありませんからね。病院や主治医とうまく付き合っていくことも大切です」

なるほどね……。

時間をかけて説明していただけたので、自分でも納得できました。自分としても、併用治療を考え始めていたので、気持ちもかなり整理できました。面談を受けてよかったです。

がんという病気

がんという病気は早期発見であれば、今の医療で完治します。ただし、私のような進行がんは、治りません。

最初の告知でT先生は言いました。

「あなたのがんは、今の医療では治らない。だけど、延命することはできる。少しでも、再発までの時間を遅らせて、元気で生活できる時間を長くするために抗がん剤治療をしましょう」

「延命」って何？　そう思いました。

それから、T先生とも何度も話をしたり、他の先生のオピニオンを受けたり、自分でもがんという病気について、情報や知識を得ました。

がんがCTなどの画像検査で発見されるためには、1㎝くらいの大きさが必要になります。このがん細胞が、1㎝のがんになるには、10億個の細胞が必要で、10年くらいの時間がかかるそうです。もっとも、すべてのがん細胞ががんになるわけではありません。その人の免疫力とか生活習慣などの環境により様々で、がん細胞が活性化しやすい状態であればがんになっていきます。進行速度のゆっくりしたおとなしいがんもいれば、あっという間に増殖してしまい猛威を振るうがんもいます。

どちらにしても、がん細胞は増殖していきます。抗がん剤治療では、この増殖を抑制します。つまり、がん細胞ががんになるまでの時間を先延ばしにする。これが「延命」です。

抗がん剤治療の効果の評価には、奏効果というものがあります。「この抗がん剤はどのくらい効きますか?」と質問した時に、「そうですね、3割くらいですね」と医師が言ったとします。この「3割」というのは、「3割は治る」ということではありません。この3割が奏効果と言われるもので、「あなたのがんは、3割の確率で半分に縮小しますよ」ということなのです。しかも、半分に縮小したとしても、延命するという保証はないわけです。なぜなら、抗がん剤は、がんを縮小させると同時に、生命力も縮小させてしまうからです。決して、3割の確率で完治しますという意味ではないのです。

そこで、最近では「延命効果」がないと抗がん剤として認められなくなりました。たとえば、「○○という新薬を投与すると、しない場合に比べて、2ヵ月延命期間が長くなった」ということなのです。しかも、この製薬会社での新薬の評価では、2ヵ月延命できると「すごい！」となるそうです。

2ヵ月の延命のために、どれだけの副作用と闘わなければいけないのか……。2ヵ月という延命がすごい！のか……。それとも、たった2ヵ月なのか……。

そこで、治療効果は、奏効率よりも50％生存期間で評価したほうがよいとされているそうです。治療による奏効率が高くても、その後短期間に腫瘍が増大することはしばしばあります。したがって、治療効果の評価には奏効率よりも50％生存期間のほうが信頼性が高いとされています。たとえば、奏効率50％で、50％生存期間が14ヵ月の抗がん剤よりも、奏効率35％で50％生存期間18ヵ月の抗がん剤のほうが治療効果が高いと考えられるそうです。

どちらにしても、再発までの限られた期間、がんの増殖を抑えているわけで、治しているわけではないのです。

そしてもうひとつ。抗がん剤に対して、がんには耐性ができます。耐性が起きると、別の抗がん剤に変えざるをえなくなります。いわゆるファーストラインからセカンドライン、サードラインとなるわけです。そして、使える抗がん剤がなくなると、「がん難民」となってしまう。

であれば、どうしたらいいのか。完治できないなら、延命を限りなく続けていくしかない。そのためには、抗がん剤のメリット・デメリットを理解し、自分で納得して、抗がん剤治療だけでなく、代替治療と併用していくしかない。私は、そう思います。

今日は、なんだか気持ちが沈んでいます。8月も終わろうとしています。

昨年の夏、父が亡くなりました。そして、今年の夏を迎える6月に母が亡くなりました。もう、主人も、両親もいない。ひとりで生きていく人生を迎えた時、これからは、大好きな仕事を一生懸命にして、お休みには、少しおしゃれをしてお友達と出かけたり、家でゆっくり好きな音楽を聴いたりして、笑顔で生きていこう。そう思ったのに、私は、がんになりました。

「それでも、笑顔で生きていきなさい」

神様からの試練なのでしょうか……。

今日も、ビタミンC点滴療法を受けてきました。ちょうど10回目になります。がん治療としての効果はわかりませんが、疲れにくくなったような気がしています。点滴が終わってから、美容院へ行きました。

抗がん剤治療を始めたら、髪も抜けちゃうのかぁ……。それなら、もう切っちゃおう。

そう思って15㎝くらい切りました。スタイリストさんが何度も「ほんとに切っていいですか？」と聞きました。「はい。どうぞ」と笑顔で答えました。そして、カラーリングをして、ネイルもしました。

帰り道……。これから、髪が抜けたり、皮膚障害が起こったら、もう、美容院へも行けないのかぁ。そう思うと涙が流れてきました。普通の当たり前の毎日を過ごしたいだけなのに……。神様は、それすら、許してくれないのでしょうか？

誰のいうことを信じたいか

8月29日、T先生との外来受診。

抗がん剤治療についていろいろと話しているうちに、涙が溢れて話せなくなりました。

先生の言葉……。

「個人的には、抗がん剤の副作用で自分らしく生きることができないということには、魅力を感じない。可能性があるのならやってみる価値はある。やってみてだめだったら、その時に考えればいいから。頭では抗がん剤を受けなきゃいけないとわかっていても、いろいろな知識があるからこそ迷うこともある。だけど、知識を持った以上、自分で決めることが必要になるからね。お年寄りで知識のない患者さんは、先生にお任せという人も多いけど……。

人の気持ちをわかったように言うのはなんだけど、抗がん剤をやると決めるよりも、やらないと決めることのほうが難しいと思う。誰かが、何かが背中を押してくれるといいけど……」

T先生は、私の気持ちをよくわかってくれているような気がする。むしろ、私が気づいていていない私の気持ちをちゃんとわかってくれているような気がする。どの治療の可能性を信じるかよりも、誰を信じるかが、今の私には大切なのかもしれない。

涙で話せなくなった私は、がん相談支援室の看護師さんに連れられて、相談室へ行きました。がん相談支援室の看護師さんの言葉……。

髪が抜けるのなら、死んだほうがいいという人もいる。肌が荒れたり、しびれたりすることが自分にとってとても辛い、耐えられないという人もいる。

ただ、社会的な役割があると、自分の人生の価値よりもその役割から治療を選ぶことができないことが多いのよ。たとえば、母親であったり、妻であったりすれば、子どもやご主人のために、自分がどう生きたいかという価値観よりも、家族のために抗がん剤治療を受けている人のほうが多いから。

抗がん剤の副作用を考えて、治療を選ぶことができるということは、ある意味では幸せかもしれない。自分で治療を選択できることは幸せかもしれない。

確かにそう思う。だけど、その幸せの代償に、ひとりで耐えていかなくてはいけない辛さもある。家族がいることで、家族に支えられ、闘える幸せがある。どちらも同じ。

8月31日、再度、外来に出向きました。

私は、何か信じるものがほしかったのです。そして、それをいろいろな治療法の可能性の中に探し続けました。でも、見い出せないばかりでなく、かえって混乱しました。何日も眠れず、食事も食べられず……。答えは見つからないまま、時間だけが過ぎていくなかで、精神的にも限界を感じ始めていました。

でも、29日にT先生の外来で話をしていただいたなかで、「誰のいうことを信じたいか」という先生の言葉が心に残りました。「何を」でなく「誰を」。そう思った時、私は、T先生を信じたいと思いました。T先生なら、私の思いをわかってくださるような気がして。T先生を信じて、治療を受けていけば、いつか、治療を受けてよかった、と。治療を受けながらも、自分らしく生きていくことができてよかった、と。そう思える気がしました。

私は、ひとりで安心した生活を送りながら、やりがいを感じる仕事を続けたい。この生き方を価値とすると、どうしても抗がん剤治療を選ぶことができません。気持ちが揺らぐばかりです。

でも、T先生を信じる。そう心に決めた時、迷いも揺らぎも消えました。それを今日、

T先生に伝えました。そして、私は聞きました。

「先生を信じていけばいいいんですよね?」

T先生の言葉……。

「僕を信じるというよりは、僕が行うのは、結果が期待できる標準治療だから。ただ、治療の結果を優先するか、その人らしい生き方を優先するかは、その医師によって大きく変わるから」

「先生はどっち?」

「僕は、がんだけをやっつけることには意味がないと思う。治療は目的のためにある。目的のために治療するんだから。旅行に行くための治療もあれば、旅行に行くための休薬もある。大切なのは、自分らしく元気に少しでも長く生きていくこと。仕事もしたいことがあるなら、調整するし、ビタミン療法も、皮膚障害にはいいかもしれないからいいよ」

私は、その言葉を聞いてとても心が温かくなりました。私の主治医がT先生でよかったと心から思いました。もう、迷わず揺るがず、T先生を信じます。

私が受ける抗がん剤治療は、XELOX ＋アバスチン療法 です。9月7日から1クール目が始まります。

Ⅱ 今を大切に、この瞬間を大切に

2011年9月から12月までのこと

再発、転移の不安

私の病理検査の結果はかなり厳しいです。

以前も書きましたが、卵巣転移だけでなく、腹膜結節もあり、取り除いたものの腹水にもがん細胞が少数認められたそうです。ステージⅣの中分化腺がんの進行がん。

「TNM分類」：T3N1M1

T（腸壁への浸潤度合い）＝T3：浸潤は筋固有層に達している

N（リンパ節浸潤の度合い）＝N1：1ないし3つのリンパ節に浸潤が見られる

M（転移の度合い）＝M1：転移が見られる

「漿膜《しょうまく》を有する部位の壁深達度」：se＝がんが漿膜表面に露出している

「リンパ管侵襲」：大腸壁内リンパ管へのがんの侵襲の有無および程度＝ly3：侵襲が高度の場合

「静脈侵襲」：大腸壁内静脈への侵襲の有無および程度＝v3：侵襲が高度の場合

これだけの結果を見ると、見えるものは取り切ったとはいえ、絶望的な気持ちにもなります。今は、本当に病気とは思えないほど、元気なんですけどね（笑）。ビタミンC療法のおかげ（?）でお肌も艶々です。

でも、いつ再発、転移してもおかしくない状態。昨日、外来の帰りに、血液検査とCT検査を受けました。T先生から言われました。

「CTを撮ったのは手術の前だから、かなり時間が経っている。ちょっと新しいもの（がん）ができてないか心配ではあるけど。もし、あったとしてもちゃんと話すからね」

確かに手術前にCT検査をしてから2カ月半くらい経ちましたが、そんなに早く再発するもの？

これからの人生、再発、転移の不安をずっと抱えていかなくてはいけない。そして、進行がんだから、抗がん剤治療もずっと続く。抗がん剤治療がずっと続くってことは……。ずっと皮膚障害でお肌も荒れて、髪も脱毛してウィッグや帽子の毎日ってことなのでしょうか……。人一倍、お肌を気にかけてお手入れしてきたのに。人一倍、髪を気にかけてお手入れしてきたのに。

T先生から言われたこと。

「抗がん剤治療は、2、3カ月で終わるというものではない。長い目で考えていかないといけない。目標を持って付き合わんとね。85歳まで生きるっていうのもいいし。まあ、まずは2年3年を目標にして考えていきましょう」

そういえば、最初の告知の時にもT先生は言いました。

「抗がん剤治療を続けて年単位で延命すれば、2年経ったら新しい薬ができるかもしれない」

どうも、私の治療のまずの目標は2年ということなのかな。それならば、まずは2年を目標にしよう。目標がないと、頑張ることもできないから。でも、頑張って……。

「頑張りましょう」

T先生はそう言われました。でも、何を頑張るのか、私にはまだよくわからない。何に向かって頑張るのか。

脱水症状

9月1日。今日はビタミンC点滴を受けに行きました。今日、はじめてこの点滴を受けている途中で、気分が悪くなりました。点滴がちょうど残り3分の1ほどになった時です。悪寒がして、からだが震えて、こめかみのあたりが割れるように痛み、からだじゅうがだるくなりました。ただ、我慢できないほどではなく、あと少しと耐えました。なんとか点滴が終わり、立ち上がると、からだがふらつきました。こめかみの痛みとともに、吐き気も少しありました。看護師さんから「大丈夫ですか」と声をかけられましたが、「はい」と頷き、クリニックを後にしました。

ビタミンC点滴を受けると、点滴中は、利尿作用も働き、また、口渇感もかなり現れます。点滴の際には、500mlのペットボトルのお水が用意され、のどが乾いたら飲むようにします。今日も、いつものように点滴中に、何度か水分補給して、終わる頃には、飲み干していました。

ただ、今日は、いつもと違って、終わってからも口渇感がこれまでにないくらいありました。また、2、3日前から、水分補給があまりできていなくて、お通じも滞っていて、便秘でお腹が苦しかったのですが、クリニックを出たら、急にお腹も痛くなりました。急いで、トイレに駆け込んだのですが、術後の後遺症もあり、まだお腹にしっかり力を入れることができなくて、しっかり排便できなくて……。

トイレに座り込みながら、耐えていると、体温調節があまりできないのか、脂汗が流れ出して。本当にどうしようかと思いながら、お腹をただただ摩《さす》っていました。20分ほどして、ようやく便が出て、少しお腹が楽になりました。かろうじて立ち上がり、トイレを出て、駐車場に向かいました。

駐車場の自動販売機で、200mlの紅茶を買い、一気に飲み干してもまだのどが渇いていました。さらに、500mlのお水を半量ほど飲み干すと、ようやくからだが落ち着きました。よろめきながら、車に戻り、シートを倒し込んで……。気がついたら、1時間半くらい眠っていました。からだはかなり楽になり、こめかみの痛みもなくなっていました。

おそらく、脱水症状が出ていたんだと思います。

今日は、いつもなら2時間半くらいかかる点滴が、1時間半で終わっていました。きっと、滴下速度がはやく、脱水症状が一気に起こったのではないかと思います。次回からは、滴下流量速度の調整をしっかりお願いしようと思います。

吐き気、倦怠感、腹痛、頭痛、悪寒……。苦しかったけど、ほどなく回復できました。

でも、抗がん剤治療では、このような状態が数日〜1週間くらい（それ以上のこともちろんあって）続くことも稀ではないわけですから、想像すると本当に怖くなります。

今日のこの状態は、抗がん剤治療の副作用のリハーサルかと思ってしまいました。

ただ、今日のように経験することで、「次回からはこうしよう、こうしてもらおう」と学ぶことができ、リスクを回避することができるわけです。抗がん剤治療とも、こうして付き合っていくことが大切なんだと思いました。

抗がん剤治療を受けると決めた今の私にとって、「がんとともに生きる」ということは、「抗がん剤治療とともに生きる」つまり、「抗がん剤治療と上手く付き合っていく」ということになるんだと実感しました。

心だけはがんに負けない

先日、外来受診で涙が溢れてT先生と話せなくなって、がん相談支援室の看護師さんと話した時のことです。看護師さんは最後にひとこと言われました。

「あなたがどんな姿になっても生きていてほしいと言ってくれるような人はいない？」

この言葉が何度も何度も頭の中を……そして、心の中を駆け巡りました。

私にとって、この言葉は、「どんな姿になっても、この人のために生きていたい。そう思える人がいるだろうか……」と問われているような気がしました。

人生のパートナーと言える人や恋人、そして、親や子ども……。

「誰かのために生きる、生きたい」

そう思える存在が、今の私にあるだろうか……。

この答えが見つかった時、私はきっと、もっともっと強く生きることができると思います。もっともっと笑顔で生きることができると思います。

今は、その答えを探しています。見つからない答えはない。そう信じて。

ふと、思い出した言葉があります。

諦めなければ、必ず、成し遂げられる。

諦めてしまうから、成し遂げられないだけ。


このブログは、最初は自分の気持ちの整理のために綴り始めました。

そして、ここに至るまでの間、途方もないほどの辛さや苦しさ、そして、悲しみがありました。次から次へと降りかかる神様からの試練に、自分の人生を恨み悲しみました。

ある日、大好きな久保田利伸さんの「LOVE&RAIN」にある「朝陽の中で微笑んで」を聴いた時、とめどなく涙が流れて落ちて、泣きました。声を堪えることもできず泣きました。

「カード一枚ひくように　定まるさだめが　とてもこわい」

そう、静かに久保田さんの歌声が響いた時、「がん」というカードをひいた自分のさだめがとてもこわくなりました。こわくてこわくて……。悲しくて悲しくて……。自分自身が、あっという間に、消えていくような感じさえしました。

でも、抗がん剤治療と向き合う決心をした時、T先生に押していただいた背中をもっともっと前に進めるようにと、祈りをこめて、お世話になった方や心温かい友人にブログでお知らせさせていただきました。

皆様から、本当に心温まる、心に響くメッセージをたくさんたくさんいただきました。治療に踏み出すことにもなかなか決心がつかない、わがままで、弱音ばかりの私の言葉に、皆様から、「思いを伝えてくれたことに感謝します。ありがとう」とメッセージをいただきました。そして、しっかり大地を踏みしめて前を向いて歩いていくことができるような応援をいただきました。

とてもとても嬉しくて、嬉しい涙がいっぱいいっぱい溢れました。辛くて、悲しくて、苦しかった涙が、少しずつ嬉しい涙になってきました。

「ひとりじゃない」

そう思うことができました。生きるということは、いろいろな人に支えられてこそ、生きていくことができるのですね。生きているからこそ、苦しみも悲しみもあるけれど、生きているからこそ「笑顔」があります。当たり前のことですが、心からそう思いました。

私……。心だけはがんには負けない。当たり前のように生きてきた自分の人生を、今ここでもう一度、しっかりと大地を踏みしめて、一歩一歩、懸命に生きていくこと。それが、今の私にできること。私がしたいこと。

医療用ウィッグ

9月2日。人が、恐れたり不安に思うのは、何が起こるかわからないからです。もし、何が起こるのかが、ある程度わかっていれば心の準備ができます。そして、それが起こった時にも、「あ～これなんだ」と受け止めやすくなります。

私の場合も、抗がん剤の副作用がどのように起こるのか。不安でたまらなくて、本を読んだり、インターネットで調べたり、がん患者の方のブログを拝見したりしました。いろいろと情報を手にしていくと、不安も少なくなります。

ということで、今日は、2つのお店に医療用ウィッグを見に出かけました。

私が受けるXELOX＋アバスチン療法では、比較的脱毛は緩やかといわれています。乳がんの方が受けられる抗がん剤治療では、数週間で脱毛が起こり、1カ月ほどで、すべての髪が抜けてしまうそうです。そして、髪だけでなく、眉やまつ毛も、です。

女性として、本当に辛いことです。そう思うと、私は幸せかもしれない。とはいえ、悩んでいると、どんどん悪い方へ考えがちになるもの。今後のことも考えてとお話を聞きに行きました。

1件目のお店は、「スヴェンソン」です。おしゃれ用ウィッグも取り扱っています。明るくきれいなお店です。個室も用意されていて、案内されました。そして、脱毛時のケアの仕方や医療用ウィッグを選ぶポイントを親身になって説明していただき、実際に、数種類のウィッグを試着させてもらいました。

最初は、やはり、鏡に映るウィッグをつけた自分に違和感がありました。「なんか、やっぱり、変……。いやだなぁ……」と顔を曇らせていました。

が、いろいろと試着しているうちに（結局、ショートからセミロングまで6つくらい）、鏡の中のウィッグをつけた自分の顔に見慣れてきたのか、「おっ、いいじゃん」と思えるようになり、鏡の中の自分が笑っていました。

スタッフさんも「そうなんですよ。着け慣れてくると、ご自身で着け具合もわかってきて違和感もなくなるんですよ。私もウィッグを着けてらっしゃるお顔を見慣れてきましたよ」と言われました。

「ホント、そうですね〜」と、おかしくてふたりで笑ってしまいました。久しぶりに、「おかしくて」笑いました。

ウィッグは、セミオーダーメイドで、原型から、その人のスタイルに合わせてカットしながら作るそうです。ちゃんとつむじもあって、毛質も、見た目にはウィッグとはわかりにくいです。ただし、触ると、やはり、つるっとした感じがあることと、自髪をかき上げた時のふわっとした感じにはなりにくかったです。

でも、髪の流れや巻いたウェーブ感もありました。人工毛ミックスなら、形状記憶されているそうで、お手入れも簡単で洗ってももとにもどるそうです（人毛１００％のものは、自髪と同じなので、ブローが必要になります）。だから、今の髪型にあわせた感じができあがります。脱毛の状況に合わせて、ウィッグのサイズ調整サービスや、脱毛中の自髪のカットスタイリングなど、医療用だからこそのサポートも充実していました。ただ、お値段は25万円くらいとかなり高額です。

もう1件は「an」です。ここは、普通の美容室の小さな別室でした。「スヴェンソン」で、概ね何を確認したらいいかわかったので、説明も簡単に済ませていただき、ここでも、試着させていただきました。説明は、美容室のスタイリストさんがしてくださいました。

ウィッグそのものは、スヴェンソンのものと同じような感じでした。ただ、着け心地が違いました。お値段は、12万円くらいで、スヴェンソンの半分くらい。

試着だけでは、2つのウィッグの何が違うのか、あまりよくわかりません。やはり、1日中着けた時の装着感や、お手入れの手間やウィッグ自体の寿命など（2年くらいの寿命で作られているそうで、それ以上になると、やはり、痛んでくるそうです）、日常生活の中で、長く使ってみないとわからないと思います。

でも、医療用ウィッグとはどんなものなのかを体験することができて、安心して帰ることができました。そして、何より「おかしくて」笑えた自分が、とても嬉しかったです。

家族の思い

がんと向き合っていくには、やはり、家族の力は偉大です。精神的にも身体的にも、誰かが傍にいて支えてくれることは、患者にとって、病気と向き合う力になります。生きる力になります。たとえ、一緒に住んでいなくても、どんなに遠くにいても、心が傍にいます。

私の弟たちは、抗がん剤治療をしたほうがいいとは一度も言いませんでした。どんな時も、「お姉ちゃんがいちばんいいと思ったことをすればいい。俺たちは、どんなことでもバックアップするから、安心して、治療して」と、私の意思を尊重して励まし、力になってくれています。

3人で助け合いながら、両親を見守り看取ってきた弟たちです。そして、弟だからこそ、私の生き方をしっかりと受け止めてくれています。

少々、楽観的すぎないか？（笑）と思うくらいに、いつも「気にするなよ。病は気からだから」と言って笑っています。そして、くだらない話をしたり、お笑い番組を見て、笑います。その笑顔に、私も「そうだね。なるようにしかならないね」と気持ちが前に向きます。

とはいえ……。私の前ではそう言っている弟たちも、ふたりの間では、やはり、いろいろ心配して相談し合っているようです。家族として、私の前では決して悲観的にならないように、弟たちなりに気にかけているのでしょう。

いちばん辛いときだからこそ、傍にいる。いちばん辛いときだからこそ、くだらない話をする。いちばん辛いときだからこそ、ただそこにいるだけ、のことがすごく大切。

まさに、家族には、家族としての苦しみや悲しみがあります。

いよいよ、明日、抗がん剤治療の1クール目が始まります。

抗がん剤治療を受ければ、副作用で辛いと思う。でも、治療を受けなければ、再発してしまうから、これも辛いことだし。どちらにしても、辛い人生になるかもしれない。

病理検査の結果から進行がんの告知を受けた時、T先生が言った言葉を思い出しました。

抗がん剤の治療がずっと続くと思うとやり切れない。でも、もう手立てがなくなって、治療ができなくなる……。

そんな日が来てしまうのかもしれないと思うと、空しいばかり。

どちらにしても、もう、進むと決めたから。


今日も、ビタミン治療を受けてきました。今後も、ビタミン治療は、抗がん剤治療と併用していくつもりです。少しでも、免疫力の回復につながりますように……。もちろん、主治医のT先生からもOKをもらっています（ビタミン療法を行う際にも、主治医の許可を得るようにと指導されます）。

抗がん剤治療以外の民間療法を行う際には、必ず、どんな療法でも主治医に相談したほうがいいと思います。主治医を信じるということは、そういうことだと思います。どんなことも、主治医と話し合い、納得し合っていくことが必要でしょう。


私にとって、明日からの人生は、新しい人生です。その記念に、今日、スタジオに記念写真を撮りに行きました。とても、穏やかな優しい笑顔の写真になりました。いつか、がんとともに生きるということを心から笑顔で受け入れられた時、アップします。

ゼローダさん、こんにちは

9月7日。抗がん剤治療の前に、外来で、T先生から先日の検査結果を聞きました。

「がんも勢いの強いものがあるから、『とんでもないことになっていないか』わからんで、検査してもらったわけだけど、結果としては、ちょっと膀胱と直腸の間の腹膜播種《はしゅ》がいちばんこぼれやすいところに、ダグラス窩っていうところだけど（ダグラス窩とは腹腔の最下部に位置し、水分や血液、また腹腔内に存在する細胞などが溜まりやすいところ）、あやしいのがあるんだわ。これなんだけど（CT画像を指して）、かなりあやしくて。うーん、たぶんそうだと思われるんだけど……」

実は、術後しばらくしてから、膀胱の奥あたりに、少しきゅんとした痛みがあることがありました。でも、長く続くものでもなく、痛みもひどくなく、あれ？　また？かなって感じでした。それをT先生に伝えると……。

「がんの刺激で痛みがあるのかもしれんね。ひどいようだったら、痛み止めがあるから出すけど？」

「ううん。そんなひどくないし。大丈夫です」

「ホントに『とんでもないことになっとったら』と思って心配しとったけど、まずは、抗がん剤の治療の指標として、これが小さくなるようにやってってもらって。それと、もう一つの指標としてはマーカーがあるけど、これは誤差の範囲かな。術後CEA8.9で、今回9.6だし。CA19・9は手術前から問題ないから。やっぱり、『がんがある』ということで治療に向かって、頑張っていきましょう」

T先生の話は落ち着いて聞くことができました。

そっか……。やっぱり、あやしげなものがあるんだぁ……。まっ、仕方ないか。がんが腸管から顔を出していたわけだから。でも、抗がん剤の治療の効果が、わかりやすくなったことを思えば、目標がはっきりしてよかったかも。

T先生も話されていたけど、腫瘍マーカーだけでは、誤差の範囲の変化しかわからないかもしれないので、効果がよくわからない。腫瘍マーカーは、がんがあっても、値が上がらない人もいるし、逆に、マーカーが下がらなくても、がんが縮小していることもあるので、目安として、CTなどの他の画像検査結果をあわせて診断していかないといけないものだから。

その後、T先生から治療内容と副作用について説明していただき、化学療法室へ行きました。1クール目初日の点滴内容は、吐き気止め30分、アバスチン1.5時間、エルプラット2時間でした。アバスチンは初回なので時間をかけましたが、次回2クール目は、1時間、3クール目以降は30分くらいということでした。

今日は初回なので、インフュージョン・リアクションが起こらないかどうか経過観察のために、何度も血圧測定やサチュレーション測定がありました。インフュージョン・リアクションとは、薬剤投与後24時間以内に起こる免疫反応の一種で、発熱や悪寒などの症状が出ます。私は、インフュージョン・リアクションが起こることなく、終わりました。

ただ、やはり、エルプラット点滴の最中、1時間ほどしたころから、チクチク痛み出し、腕がだるく痺れてきました。腕全体を温めてもらうと、少し痛みも楽になりました。耐えられないほどのものでもなく、これくらいなら大丈夫です。

それと、まだ、冷たいものに触れてもビリビリしたりはしないのですが、恐る恐る、冷蔵庫に冷やしてあったポカリスエットをほんの少しだけ飲んだら、やっぱり、口の周りが痺れ、のどが締め付けられました。

また、昨日までとっても美味しく感じた栗のロールケーキも、冷やしていたためか、口にすると痺れ、味覚が変でした。まったく美味しく感じられず、残念です……。

後は、今夜の夕食から服用するゼローダの副作用がどうなるかです。

消化器系症状（吐き気、嘔吐、食欲不振、下痢、便秘、腹痛、口内炎など）や手足症候群がどのくらいなのか……。心配ですが、少しずつ、様子をみていくしかないですから。

副作用を知ること

本日2日目も、手の痺れ、のどの違和感はありますが、消化器系や皮膚障害はまったくなしで良好です。1クール目で、まだ、薬も2日目だからでしょうか。

T先生からは、XELOX＋アバスチン治療は、ゼローダ単独よりも、ゼローダの服用が少ないので（私は1回に4錠）、副作用は少ないと思うけど、と言われています。

今回の治療を受けるにあたって、副作用については、まず、主治医のT先生から話を聞きました。その後、化学治療室の看護師さんからも聞きました。さらには、薬剤師さんからも聞きました。正直に言えば、もう何度も聞きましたけど……（笑）。

同じような内容でも、職種の違いもあり、少しずつ、患者として気をつけるべきことの指導も違いました。また、3回聞くことで自分の理解が深まり、T先生との話では、気づかなかったことを、次に話してくださった看護師さんに聞いたり、また、薬剤師さんに聞くことができてよかったです。

副作用を知ること、理解することは患者の権利でもあり、義務でもあります。医師や看護師からきちんと説明を受け、理解する必要があります。

どんなタイミングでどのように起こるのか。どのような症状が出たら、受診するのか。

対症法として、どうしたらいいのか。具体的に確認して、セルフケアできるようにしておく必要があります。患者として、自分でできることは、自分でしっかりケアしないと副作用も辛くなります。

抗がん剤治療に、副作用はつきものですが、副作用の感じ方は、人によってさまざまです。痛みの感じ方も人それぞれです。人によって生活に支障を感じる程度も違います。だからこそ、セルフケアが大切だと思います。自分の生活に合った自分なりの工夫を、患者として努力していかないと。そのためにも、いろいろな情報収集も大切です。このブログを見てくださった方からも、「こうするといいですよ」というアドバイスをいただいています。皆様、ありがとうございます。

患者として、副作用に対処するために、私が心得ていること。
・症状をきちんと記録すること。
・自分で判断せずに、医師や看護師に具体的に伝えること。
・対症法だけでなく、「予防」をしっかり行うこと。
・セルフケアを正しく行うこと。そして、それを日常生活の習慣とすること。

自分のために生きる

以前のブログで、「誰かのために生きたい」と綴りました。私にとって、誰かのために生きることとは、自分自身のために生きることを手放したわけではありません。悲観的になっているわけでもありません。むしろ、誰かのために生きるということが自分のために生きるということなのです。

誰もが、社会的役割のなかで、親として、子として、夫として、妻として、恋人として、パートナーとして生きています。また、仕事における社会への貢献として、自分の存在価値を見出していると思います。

自分と一緒にいて、笑ってくれる人がいる。幸せだと感じてくれる人がいる。出逢えてよかったと思ってくれる人がいる。人は、人と関わるからこそ、自分の存在意義があると思います。

誰かのために役に立ちたい。自分という存在が、誰かの幸せにつながってほしい。自分がいることで、その人が笑顔になって、幸せになってほしい。誰かのために何かできることがあって、そして、それをすることでその人が笑顔になる、元気になる、幸せになる。そして、私も笑顔になる、元気になる、幸せになる。誰かのために生きることが私自身のために生きることにつながる。

私はひとりじゃない。私には、愛したい人がいっぱいいる。こんな私を大切に思ってくださる方がたくさんいてくださる。私が、自分らしく、自分のために生きるということは、私自身の存在が誰かの幸せにつながることです。

そのために、何ができるか、何をしたいのか……。がんとともに生きる道を踏みしめながら、何をしていきたいか。自分と向き合いながら、考えていきます。

そして、このブログを綴りながら、思いました。このブログは、がん患者として生きる心得帳にしようと。もしこの先、道に迷ったら、この心得帳に戻って、前を向いて踏み出せるように。

◇9月9日　3日目

今日は、朝からからだがだるく、横になっているとウトウトして眠ってしまいます。動けないわけではありませんが、少し気分が悪く、胸やけのような感じもありました。結局、1日中、ウトウトして過ごしてしまいました。そのせいか、食欲もあまりありません。

さすがに、夕食後、ゼローダを服用する時、気分が悪いのに、気分が悪くなる薬を飲まないといけないんだなぁ……と思うと躊躇《ちゅうちょ》いがありました。腕の痺れは、少し治まったのですが、手首あたりが重だるく、動かすのが億劫です。

エルプラットは、あまり長く使えない薬だとT先生からは言われています。長く使うと、痺れが慢性化して、日常生活に支障が出るからということです。エルプラットに限らず、抗がん剤は、やがて効かなくなるか、副作用が悪化するかで、使えなくなります。

それまでに、どれだけがんをたたくことができるかどうか……。

◇弟からのメール

無理しないでお姉ちゃんの好きなように治療してください。お姉ちゃんらしく判断してください。頑張らないでください。我慢しないでください。お姉ちゃんらしく生きてください。私も私らしく生きていきます。

◇9月11日　5日目

昨日4日目は、起き上がると嘔吐まではいかないにしろ、吐き気が強く、1日中、横になっていました。手の痺れは、少しずつ、おさまってきたような気がしますが、のどの違和感はあります。また、お通じがなくて、便秘で苦しくて、何度もトイレにこもりました。

今日は、昨日よりは、吐き気も少ないのですが、やはり、動くと気分が悪くなります。そして、今日は下痢気味で、またもやトイレにこもっていました。

弟が様子を見に来てくれて、夕食を一緒に食べてくれました。ひとりでいると食べる気も起こらないのですが、やはり、誰かがいてくれると、頑張って食べようと思う気持ちになれます。誰かに傍にいてもらえると、やっぱりほっとします。

気分もあまりよくなく、ほとんど話もできなかったのですが……。帰り際、「何かあったらすぐに電話してよ」と言ってくれた一言が嬉しかったです。

◇9月13日

体調は、良くもならず、悪くもならず。相変わらず、胸やけのような吐き気、倦怠感、眠気に加えて、やや下痢気味。冷たいものを飲んだり食べたりした時の、のどの締めつけ感や味覚の悪さも続いています。寝込むほどではないにしても、外出できるような気力も体力もない感じです。

昨日は、職場のスタッフが自宅にお見舞いに来てくれました。お昼頃から夕方まで、利用者様や職場の様子の話をしながら、あっという間に時間が過ぎました。とても、楽しい時間でした。1日も早く仕事に復帰したい。

私は、老人介護施設でケアの仕事をしながら、スタッフの教育、管理をしています。といっても、今は休職中ですが……。

先月、職場に出向き、ケアをさせていただいている利用者様のお顔を拝見しました。いつも、いろいろなお話を聞かせていただいていたTさんは、私を見るなり、「来たんか。来れるようになったんか。もう、私は心配で心配で」と私を抱きしめて、涙を流してくださいました。何度も、私の背中をさすってくださり、「もう、絶対にあっち（死）なんか向いていかんよ」と母親のように、強く強く抱きしめてくださいました。

私は、患者になってあらためて思いました。病気を抱えて、からだが不自由になるということがどれだけ心細いことか、どれだけ孤独なことか、どれだけ誰かにすがりたいことか。それを知った私だからこそ、できるケアがあると思います。そのケアを1日も早く利用者の皆様にさせていただけるように。そして、その心をスタッフに伝えられるように。

「お誕生日おめでとう」メッセージ

9月14日、今日は、My Birthdayです。

どうしても、1年後はどうしているのだろうか、元気でいるだろうか、と考えてしまう自分がいます。でも、こうしてがんと向き合いながら、皆様の応援をいただくことができて、がん＝死ではなく、がん＝生きるということを感じています。

がんだからこそ、どう生きるか。今まで当たり前のようにあった明日、1年をどう生きるか。何気なく過ごしてきた人生を、何に向かって何をして懸命に生きていくか。自分の生きた証をどう残していくか、残したいか。がんだからこそ、生きる、生き抜く人生を授かったのだろうと思いました。

◇届いた「お誕生日おめでとう」メッセージから

お誕生日おめでとうございます。今日は記念日ですね。充実した素敵な歳になるように、これからも一日一日を大切に人生を楽しんでください。

今日は、自分自身が物語の主人公となった日、物語が始まった日です。世の中は普段と何も変わらずに動いていくのに、今もさまざまな物語が交差し、さまざまな物語同士が出会い、また新しい物語が生まれています。

物語の中には困難な状況や逃げ出したくなる出来事もたくさん出てくるとは思いますが、朝のこない夜はない。必ず嫌なことのあとには良いこともあり、苦労の後には喜びや希望がついてくると思います！

そして、人は支え助け合いながら生きているから、自分以外の物語の中でも、その物語の素敵な登場人物となり、多くの人たちの物語を輝かせる手伝いをしてみてください。お互いの物語が輝いていけるように……。

今日という日を仕事で過ごす人、友達と過ごす人、一人で過ごす人、恋人と過ごす人、家族で過ごす人。さまざまな誕生日があると思いますが　最高の記念日にしてください。たとえ、今日という日がいつもと変わらない一日であっても、それは立派な物語になっていると思います。


このメッセージ、とても心に響きました。誰かの人生の物語を輝かせるお手伝いができたら、私の人生の物語は、もっともっと輝いていくような気がしました。

◇弟からの「お誕生日おめでとう」メッセージ

身体の調子はどうですか？　来年も再来年も10年後も20年後もずっと、誕生日おめでとうのメールをさせてください。何か欲しいものがあったら言ってちょうだいな。また持って行きます。

ふっと幼い頃、おそらく私が小学1年生くらいだった頃、学校から帰ってくると、弟たちが、そばに来てとびっきりの笑顔で、「お姉ちゃん、お誕生日おめでとう」と言ってくれたことを思い出しました。私は、なんだかとても照れくさくて、「うん」とだけ答えたような気がします。でも、とても嬉しくて、お誕生日って本当にいいなぁって思ったことを思い出しました。もう、ずっとずっと、自分の誕生日をこんなふうに穏やかに迎えたことはありませんでしたけど、今日は、心から、お誕生日を迎えられてよかった、と思いました。

先生の一言で安心

昨日は、1クール目ということで、1週間目の外来受診でした。T先生に、1週間の副作用の状態を伝えてきました。

「食事ができんでは、生きていけないからね。ゼローダも、そこまでして飲んでもしかたないから。標準治療としては、最初は極量から始めるけど、減量したり、休薬して調整すればいい。やっていけそう？」

今の状態であれば、なんとか大丈夫……。

「じゃあ、また1週間後、来てもらって、その時、次回のことを考えようか」

T先生は、決して治療だけを優先して無理を強いることはなく、常に生活のことを考えてくださいます。念のためにいうことで、「飲む薬が増えるけどいい？」と確認してくださりながら、吐き気止めのナウゼリン錠と、胃酸の分泌を抑えるタケプロンOD錠を処方してもらいました。確かに、飲む薬が増えていくと、飲むのに大変ですけど（笑）。

抗がん剤治療を始める前の検査結果の説明の時も、T先生は「とんでもないことになっとったら心配だから」と何度も言ってくださいました。ちょっとした先生の一言が、患者の私には、嬉しくて安心します。

T先生は、いつも、ちゃんと目を見て話してくださいます。きりっとした二重瞼で、最初は怖かったのですが、先生を信じると決めてからは、その瞳に優しさを感じるようになりました（最初に受診した婦人科の先生は、あまり目を見て話すことがなく、いつも電子カルテを見ながらでしたけど）。

初回の点滴治療の時も、外来が終わってから、化学療法室に様子をみに来てくださいました。ちょうどエルプラットの点滴が後半になり、腕の痺れと痛みが増してきた頃でした。

「どう?」

「うーん、やっぱり痛いし、重くてだるくて痺れてる……」

「そっか……。痛いかぁ。うーん、これは仕方ないことだからね。まぁ、心配しとることはいっぱいあると思うけど。もし、何かあったら、明日からは、僕は外来にはいないけど、他の外科の医師がいるから、心配なことがあったら、いつでも外来に来ていいし」

気遣っていただいた言葉に、とても安心しました。

がん患者を支えるもの

抗がん剤治療を受けるに至るまで、たくさんの葛藤がありました。治療について、情報を収集すればするほど混乱し、何を信じていいのかわからなくなりました。もう、何もかも投げ出したい。逃げ出したい。もう、嫌だ、嫌だ。自分で決められない。誰かに決めてもらったほうが楽だ。「誰か決めて!」と叫んでいる自分の声を何度も聞きました。気持ちだけが焦り、もがき、いろいろな人に相談しました。ただ、相談を受けてくださった人は、皆、言いました。自分自身が納得できる答えを見つけて。そして、その答えを見つけるために、何かできることがあったら、お手伝いさせて、と。

正直なところ、相談すれば「抗がん剤治療を受けたほうがいい。受けるべき」と言われるのだろうと思っていました。

職場の人たちは、さすがに高齢者ケアのプロですから、何よりも私の気持ちを受けとめて、「その人らしく生きる」というケアのあり方と同じく、私の生き方を大切に考えてくださいました。また、友人の多くは、ともに「人とのかかわり」を学んだ仲間だけに、やはり、私のあり様を、生き方を尊重し、見守ってくれました。

誰もが、悩み、苦しみ、もがく私を、ありのままに受けとめて、そばにいてくれました。何も言わず、ただ、そばにいる……（物理的な距離にかかわらず、心がそばにいるということも含めて）。それが、あの時の私に、いちばん必要だったことだと、今は思います。

もし、私が逆の立場であったら、どうしたか。どこまでが相手の意思や気持ちを尊重することになるのか。どこからが自分よがりな、よかれな押し付けになるのか。結局、自分で決めるしかないの、と突き放したような感じになってしまわないか。

がんを患った人を目の前にして、自分自身も、揺れる心の中で、ひとつひとつの言葉を選ぶことでしょう。そして、あのように言ってよかったのだろうか。もっと違う言い方もあったのではないだろうか、と自問自答するでしょう。

そしてまた、ただ、何も言わずにそばにいることに意味があるのか、何もできない無力さを感じながら、何かほかにできることはないのか、そう思いながらも、ここにこうしていることが、今できることなのだからと、自分に言い聞かせることしかできないのだろうと思います。

誰もが、その瞬間瞬間、お互いに心揺れながら、かかわり合っていく。きっと、こうあればよいという答えなどないのでしょう。支えてくださる人々が、私自身をありのままに受けとめてくださったことで、私自身が自分をありのままに受けとめることができるようになりつつあるような気がします。

そして、治療についても、（私にとっては良い意味で）大きな期待もしていない。でも、疑いもしていない。とてもニュートラルな気持ちで受けることができています。

がん治療とともに生きていくには、治るのではないかと過度な期待を持ったり、効かないのではないかと不安や焦燥感を持ったりすることより、治療そのものもありのままに受け入れていくことが大切なんだと思います。

こうして綴りながら、ふっと思いました。ありのままに受けとめるということは、もしかしたら起こるかもしれない再発などのBad newsをも、ともに生きるために、受け入れることができるような心の準備につながるのでしょう。


服薬9日目。もう、ほとんど副作用はなく、元気復活！って感じです。1クール目で、薬の蓄積も少ないからでしょうけど、本当に、普通に元気でいることが、この上もなく嬉しい。ああ、私、元気なんだって、自分のからだに「ありがとう」と感謝しています。

大好きなEXILEデビュー10周年記念シングル「Rising Sun」（印税の全額を寄付する被災地の復興を願うメッセージが大切に綴られたチャリティ曲）。決してあきらめずに前に進み続ければ光は必ず見えるというメッセージが、今の私の心を温め、勇気づけてくれました。そして、こうして、自分自身で強く生きていくことに努力することが自分を支えているような気がします。

人の心のなかに生き続ける

母は亡くなる10年くらい前から肺気腫を患い、5年ほど前からは在宅酸素療法を行っていました（鼻にカテーテルをつけ、酸素を吸入する治療です）。そして、3年半前くらいから、アルツハイマー認知症になりました。物忘れから始まり、徐々に何度も同じことを繰り返し言うようになり、そして、新しいことが覚えられなくなり、次から次へと記憶が消えていきました。

母は、父が亡くなった時も、父の死というものが、もう理解できなくなっていたのか、父の死を告げても、ぼんやりとしていました。ただ、一言「なんで、先に逝ったんやろか」と言いました。

でも、告別式が終わり、写真立てに入れた父の遺影を見せると、「なんでこんな写真を？　いつ撮ったん？　お父さんに見せてきてあげて」と不思議そうに写真を眺めていました。それからも、よく「お父さんを見てきて」「これ、お父さんに持っていってあげて」と言いました。もう、私も弟も、母に父が亡くなったことは言わないようにしました。「そうだね。あとでお父さんにも持っていくから」と。

母は、自分が亡くなるまで、ずっと父が生きていると思っていました。母のなかで、父は生きていました。たとえ亡くなっても、人の心のなかに生きているということは、その人が生き続けるということなんだ。

母のアルツハイマーは、昨年2月の入院とともに進行が進みました。やはり、環境の変化が大きく影響したのでしょう。妄想も出始めるようになり、人格も変わっていきました。それでも、最期まで、母は私の母でした。病院へ見舞いに行くと、帰り際には、必ず、娘の身を案じる母でした。

「もう遅いんだから、ここに泊まっていけばいいやないの。外は危ないから」「暗いから気ぃつけて。何かあったら、人の家に飛び込んで助けてもらいや」「また、ゆっくり来てや。今度は、泊ってってや」

母は生前、「千の風になって」をよく聴きよく歌っていました。今、私のなかで、母は母として生きています。生き続けています。

人の心のなかで生き続けられるような生き方……。見栄でもなく、奢りでもなく、ありのままの生き様が人の心のなかに生き続けられたら……。そんな人生っていいな。

職場に出向く

9月22日。今回の台風で、東北の被災地にも、そして、その他各地にもいろいろな被害がありました。避難された方、被害に合われた方、心からお見舞い申し上げます。

1クール目終わりました。

今回は、比較的副作用も軽く、後半の1週間もほぼ普段通りに過ごすことができました。ただ、やはり、前半は食事もあまり食べられなかったので、体重はマイナス1kgです。次のクールに向けて、体重を戻しておかないと……。入院時の手術前からすると、マイナス7kgなので、かなり痩せてしまいました。しっかり食べて、この休薬期間で、心もからだも満たしておこうと思います。

今日は、職場に出かけました。施設長さんにも、当面の休職をお願いしてきました。施設長さんは、とても温情のある方で、どんな時も私を励まし、心配してくださいます。今までにも、仕事に行き詰まると話を聞いてくださり、本当に感謝しています。ほかの職員さんにも、笑顔で迎えていただきました。

「確かに、痩せてからだはえらそうだけど、でも、こうして話していると、前よりも元気になっている感じがするね」とみんなに言われました。そして、「元気な姿を見せてもらって、僕たちのほうが元気になる」とも言っていただきました。

看護師さんからは、手足症候群の副作用予防にと、クリームやローションをいただきました。栄養士さんと事務の職員さんからは、栄養補給のドリンクをいただきました。また、スタッフのみんなも、私が来ていると聞いて、顔を見に来てくれたり、話をしに来てくれます。本当に温かい職場の皆さんに支えられていること、言葉ではつくせないほどの感謝です。

今、私は、職場に出かけてご利用者様や職員さんと会って話をすることが嬉しくて嬉しくて……。本当に心躍る気持ちです。その気持ちが、私の笑顔になり、元気の源になっています。自分の居場所があることの幸せをからだじゅうで感じています。少しでもできることがあれば、職場のみんなのために、ご利用者様のために力を尽くしたい。そのためにも、休薬期間は、体調を整えながら、職場に出向こうと思っています。

自分の時間、そして未来

ちょうど1年前、大好きなEXILEのスタジアムツアーの千秋楽に続き、ファンクラブ感謝祭ライブに出かけていました。

実は、まだ父の四十九日の喪も明けてはいなかったのですが、毎日、父が亡くなったことを悔み、悲しみに打ちひしがれていても、父は喜ばない。父は、私が笑顔で元気に過ごすことを願っているはず。きっと、旅路の向こうから「行って楽しんおいで」と言ってくれるだろう。そう思い、出かけたのでした。

そして、気持ちを切り替えて、また明日から、母のことを大切にして、仕事にも一生懸命取り組んで、利用者様にも職員にも喜んでもらえるように、力を尽くそう。そして、来年もこのライブを思いっきり楽しめるように頑張っていこう。

そんなことを思いながら、高い秋の空を見上げた記憶があります。あの1年前、1年後に、自分ががんと向き合わなければいけない人生のなかにいるなんてことは、夢にも思わなかった。そんな物語が自分の人生にあるなんて、思いもしなかった。

今、また、1年後はどうしているだろうと思います。きっとまた……。思いもしない物語が繰り広げられるのだろうって思います。

明日を、1年後の未来を、思い描くことは大切なこと。自分の生きる標になるわけですから。でも、決して悲観的になることなく、憂うことなく、否定することなく描いています。

進行がんと告知されたことで、やはり、自分の時間、自分の未来を考えます。今までは、日常生活のなかで、あわただしく過ぎていく時間のなかで、何をするべきか、したいかなんて考える余裕もなく……。いいえ、実は考える時間があっても、「まぁいいや。また明日。また今度」と、時間はいくらでもあるのだからと先延ばしにしてきたことは、数えきれません。日常のなかで、ついつい流されてしまう。「まっいいか」と。「そのうちにね……」と。そんな人生を送り続けてきた私。

でも、今は少しだけ違う感覚があります（実際には、言動まではまだ伴っていないのですけど）。余命を宣告されたわけでもないので、漠然とした感じではあるのですが、もしかしたら、私の人生には時間に限りがあるのかもしれないと思うと、今すべきことは何か、今しなければ、やり残してしまうことにならないか、といったことをより意識して考えるようになっています。今を大切に、この瞬間を大切に。

思い出した言葉があります。

「あなたがなんとなく過ごした今日は、昨日亡くなった人が必死に生きたいと願った明日」

自分が描いていた未来への時間軸が少し短くなってしまうかもしれないなら、その時間軸のなかで、心豊かな人生を送りたい。そのためにも早く治療の副作用の調整ができるようにしていかないと！


9月23日。今日はお彼岸です。春のぼたもち、秋のおはぎは、お彼岸のお供えには欠かせないものです。両方とも、蒸した餅米とアンコという素材でつくられる食べ物ですが、季節の花になぞらえて、春の彼岸にお供えするのが「牡丹餅」で、秋にお供えする場合は「お萩」と言います。

施設での彼岸法要に参列しました。お亡くなりになったご利用者様のお名前が読み上げられると、その方々が笑顔で過ごされていた頃のことを思い出します。その方々の思いを受けとめて、心からの笑顔で過ごしていただけたろうか……。言葉にできない思いをどれだけ受けとめられただろうか……。

言葉には「温度」があります。そんなつもりでなかった一言が、相手の方を傷つけてしまうことがあります。時に、言葉は暴力にさえなります。患者という立場になって、看護師さんや先生の言葉ひとつひとつに一喜一憂することを実感しています。たった一言で、悲しくなります。寂しくなります。

そんな思いを私もしました。手術の前の日、看護師さんは言いました。

「明日は手術ですね。頑張ってくださいね」

私は、「何に頑張ればいいんだろう……」と思いながら頷くだけでした。

T先生は言いました。

「明日の手術、一緒に頑張りましょう」

私は、笑顔で「はい」と言いました。言えました。

ひとつひとつの言葉が、温かい言霊になるように、その方の思いに寄り添っていかなくては。

食事を見直す

ひとりで暮らしている私には、孤独を感じることも多々ありますが、同じ年代の女性なら、多くの方が育児や家事に追われる毎日を過ごされていることでしょう。ましてや、がんを患った身では、育児や家事をこなしながら、治療にあたるわけですから、私の想像をはるかに超えて大変なことと思います。

孤独とひきかえにして、私は、自分のためだけに時間を使うことができる。とても、ありがたいことです。

今、それなりに、日常生活で気をつけていることは、食事です。がんの食事療法に関するさまざまな情報が世間に出回っています。医師からの治療だけでなく、がん患者にとって自分でできることとして、食事を見直し、どんな食事をすればよいかは大切な問題でしょう。実際に、食事療法だけで、がんを克服したという体験談も多くあるようです。

私も、いくつかの本を読んだりもしました。療法とはいかないまでも、気にかけていかないと、と思うことは多くあります。いろいろな食事療法に、共通して言えることは、低脂肪食。肉はできるだけ控え、魚と野菜を中心に。果物もお忘れなく。塩分控えめ、味付けは薄味で。揚げ物、炒め物は控える。バランスの取れた食事（でも、これって、けっこう難しいですよね）。食物繊維を多くとり、水分を十分にとる。でも、極端すぎると、「ん？　かえって偏食にならない？」と思ってしまうこともしばしばです。

そもそも、私は、脂っこいものは好きではなく、肉はあまり食べません。どちらかと言えば、野菜を中心としたヘルシー食。しかも、暴飲暴食もせず、腹8分目。お酒も飲みません。味付けも薄味を好みます。体脂肪率も20％を超えたことは、おそらく記憶になく、見た目も細身。しいて言えば、スイーツは好みますけど。

でも、がんになりました（笑）。確かに、不規則な時間帯での食事や、仕事に追われての「早食い」や「寝る前の食事」は改善しなければいけないと思っています。まずは、次の4つに取り組んでいます。

①毎日、3食を決まった時間に食べること（寝る前には食べない）。
②よく噛んで、ゆっくり時間をかけて食べること。
③（穀物）玄米を主食にする。
④適度な運動。これは、大腸がんにはけっこう重要なようです。体調に合わせて、30分以上のウォーキングと軽めのストレッチをしています。

玄米については、どの本でも勧められています。玄米は栄養素がすぐれているだけでなく免疫細胞が活性化するそうです。親友Tさんからいただいた『人生が変わる食べ方』（森下敬一　ビジネス社）は、とても勉強になり、自分で納得できました。

さっそく、穀物玄米おにぎりを作って食べています。食欲のない時も、梅干しやじゃこ、塩昆布を混ぜると食が進みます。

休薬期間のこの1週間は、職場に出向いています。とはいえ、休職中であるので、自分の体調に気をつけながらですけど。ただ、思ったよりも、からだに無理がかかってしまっているような感じもありました。

仕事としては、直接、利用者様のケアにあたることはほとんどなく、スタッフの指導や勉強会の準備、会議への出席などで過ごしています。10時頃から6時頃まで職場であれこれしていると、職場にいるときは、大丈夫！と思えるのですが、帰ってきてほっとすると、さすがに疲労感を感じます。そして、夜になると、体調が悪くなります。

先週金曜日は、少しだけ吐き気がありました。月曜日は、血圧が上がり吐き気を伴う頭痛がありました。昨日は、微熱でからだが少しだるくなりました。今日は、下痢……。

翌日の朝には、体調も回復しているので、つい、大丈夫！と思って出かけてしまいます。元気！と思っても、やはり、からだが疲れると、副作用のダメージが出てきてしまうのでしょうか。明後日は、長野県の病院で研修講師を務めさせていただくので、明日は、ゆっくり体調を整えます。

抗がん剤治療2クール目開始

10月3日、2クール目始まりました。

1クール目とは違い、エルプラット点滴後、15分くらいしたらすでに腕が痺れ、1時間経つ頃には、温めてもらっても、かなりの痺れと痛みに耐える感じでした。点滴が終わった時点で、1回目よりも腕全体が痺れ痛みも強く、のどが締めつけられて、声が上手く出ないし、冷たい風にあたると、やはりのどが締めつけられて少し呼吸しにくい。常温のお茶でさえ、のどが締めつけられる。夕食後から、軽い胸やけも感じています。

寒くなったせいか、2回目のせいか、明らかに1回目より、副作用の反応がはやいです。恐るべし　抗がん剤！（笑）

T先生に、休薬期間中にあった頭痛について相談しました。この頭痛は、いつも夜になると、こめかみから目の奥にかけて、吐き気とともにかなりの激痛で、一晩苦しみます。明け方になると、痛みが治まり、なんとか翌日には回復……といった感じです。1カ月から1カ月半に1度くらいの間隔で起こります。

「副作用とは考えられないけど、定期的に起こるなら、偏頭痛かもしれないと思う。そうだったら、薬で軽くなるから、神経内科で診てもらおうか？　診てもらうなら、手紙書いておくから。痛みは何の得にもならないから。薬で治るならそのほうがいいと思うけど？　どうしようか？」

ということで、この偏頭痛には何年も前から悩まされているので、お願いしました。

腫瘍マーカー：ＣＥＡは、またもや誤差範囲で、先回、9.6↓11・３で上昇。

Ｔ先生からは、「これも、誤差範囲だから。8.0が20・０になったら、ちょっと考えないといけないけど、この差なら誤差として。評価は、ＣＴで行おうと思ってるから、３クール目が終わったら、ＣＴ撮りましょう」ということでした。

マーカー値が微妙ながらも上がっているのは気になりましたが、Ｔ先生がそう言ってくださったので、少し安心……。

化学療法室の看護師さんにも先回の副作用のことを話しました。

最初の１週間は嘔吐まではなかったけど、倦怠感や吐き気はけっこうあったことを伝えると、吐き気止めを試してみてもいいかも、と言われました。「嘔吐がなくても、だるかったり、気分が悪くて何もしたくなくなってしまうなら、飲んで楽になれたらそのほうがいいと思いますよ」と。

Ｔ先生も看護師さんも、痛みや精神的な辛さは、できるだけなくしていきましょうということです。治療のあり方も、苦しい治療に耐えるよりも、やはり、生活の質（ＱＯＬ）を何よりも大事にするというあり方に変わってきているようです。

10月9日、2クール7日目です。

今回は、やっぱり1クール目よりシンドイです。腕や手の痺れは和らいできましたが、胸やけ以上吐き気未満が治まりません。朝起きて、しばらくすると少し楽になり、3時頃までは動くこともできますが、夕方になるにつれ、吐き気が強まり、動くことも億劫になって、夕食は、ほとんど食べることができず……。なので、できるだけ昼間に食べられるだけ食べています。

今日、職場のスタッフTさんからお届けものがありました。開けてびっくり玉手箱！なんと、中には、私が食べたいなぁと思っていたものが入っていました。ミルクパン、スープ3種、はちみつ、さつまいものお菓子！でした。

ごはんは匂いがちょっとだめで食べられないので、ほんのり味のパンが食べたかったし、水分補給とからだを温めるスープも飲みたかったし。はちみつは、紅茶やヨーグルトにいれたり、パンにつけたかったたし。そして、大好きなサツマイモのお菓子！

ほんとに、よくここまで私の食べたいものを揃えてくれました！ お好みのお取り寄せじゃん！ ホントにホントに驚きとともに、スッゴク嬉しかったです。早速、お昼にパンとスープ、はちみつを入れた紅茶をいただき、おやつにはサツマイモのお菓子をいただきました。

どれも、とても美味しかったです。お腹いっぱい食べられました。そして、美味しく食べられる幸せもいっぱい味わいました。そして、そして……。何より、彼女の優しい気遣いとあったかい愛で心もいっぱいになりました。Tさん、本当にありがとうね！

がんサバイバー

今日で、やっと8日目。まだ、胸やけとだるさが残っていますが、食欲も回復してきました。痺れも軽く残っている程度。ただ、夜風にあたると、痺れが広がります。

ゼローダの副作用の手足症候群は、腫れや荒れは今のところ出ていませんが、足の裏や掌に、しみのような斑点が増えて、足の指先が色素沈着してきています。

この1週間、お天気がいいのに、どこへも行けず、誰とも会えず。完全な引き籠り生活。時折、ベランダに出て、高い空を見上げていると、「私、いったい何をしているんだろう……」と心が折れそうになります。身体的にもキツイですけど、精神的にもキツイです。ホント、友人や職場のスタッフからのメールが、心の支えになっています。

「がんサイバイバー」という言葉があります。サバイバーとは「生存者」という意味で、「がんサバイバー」といえばがんの生存者ということになりますが、実は、長期生存者という意味だけでなく、もっと積極的な意味があります。

つまり、治療中とか治療後とか、がんになって数カ月とか10年とかの段階に関係なく、がんと向き合い、自らの意思でがんとともに生きていこうとしている人のことを、「がんサバイバー」というのです。「がんサバイバー」という言葉に、そうした積極的な意味を与える最初のきっかけをつくったのは、アメリカのサバイバーシップ連合（National Coalition for Cancer Survivorship：NCCS）という組織です。

このアメリカのがんサバイバーシップ連合は１９８６年、25人の代表者によって結成されました。最後まで自分らしく生きていくためには、受けたいと思う治療を受けられること、痛みや苦しみを取り除いた高いＱＯＬ、正しい情報、偏見のない社会などの実現が必要になる。そしてそれらを実現するためには患者の家族はもちろんのこと、医療者や地域社会の協力や支援が欠かせない。そのためがんサバイバーシップ連合の運動は、広く社会に働きかけるものとなり、事実、がんサバイバーシップ連合は治療費の問題、がん関係の研究予算の要求、患者にとって治療上のアンフェアな問題などを政府に訴えかけたりもしています。

私も、しっかり前を向いて「がんサバイバー」として生きよう。

10年間パスポート

今日は、先月申請したパスポートを取りに行きました。申請したパスポートは、10年後の２０２１年９月30日まで有効となるものです。

私は、5年前にNLPという心理学を学んだ時に、10年後の自分に手紙を書きました。あれから、5年が経ちました。そして、あと5年経つと、その手紙を手にすることができます。その日をとても心待ちにしています。

また、5年という時間軸は、がん患者にとって、5年生存というひとつの治療効果の目標になります。だから、パスポートも5年間有効のものを申請しようと思いました。でも……。5年？ ううん、違う。10年だ。私が私らしく生きるためには、5年でなくて10年！ 10年後、必ず、このパスポートで、行きたいところへ行きたい人と一緒に行こう！

そう、はっきりと自分の心の声を聴きました。だからこそ、パスポートの写真は、抗がん剤治療を受ける前日に撮りました。10年後、きっと、私は、パスポートの写真を見て……。そうだ。あの時、がんと向き合う決意をして、この写真を撮ったんだっけ。そう、懐かしく思うはず。

最後の最後まであきらめない。力強く自分の人生の一歩一歩を次へ踏み出す。10年後の自分の人生に向かって。

そういえば、一昨日、弟に2クール目の様子をメールしました。その返信には「私たちは、お姉ちゃんは10年は頑張ってくれると信じています」とありました。弟たちも、がん患者にとって、5年というひとつの生存目標があることは知っています。その上で、あえて、10年というのは、さすが我が弟！　やっぱり、私たち兄弟なのね（笑）。

笑顔は心のメッセージ

2クール11日目。胸やけもほとんどなく、食事もちゃんと食べられるようになり、来週の活動期準備に入りました！　ただ、夜風にあたるとのどの締めつけ感はありますが、冷たい物を飲んでも違和感はなくなりました。

そこで、今日は、夕方からの職場の会議に出向きました。2時間ほど皆で話し合い、ケアに関してとても勉強になりました。

職場に行くたびに、「早く、復帰したい」という思いが募ります。でも、焦らずに、1日1日できることをしていこうと思います。来週は、今日、学んだことを活かして、ご利用者様のケアをさせていただこうと思います。

私が好きな笑顔の人。一人目は、世界体操東京２０１１で只今、注目の体操選手、田中理恵さん。からだの線の美しいエレガンスな演技はもちろんステキですが、どんな時も笑顔が弾けています。緊張感で押しつぶされそうな時も、悔しくてたまらない時も、そして、競技を終えたチームの選手を迎える時も、彼女の笑顔は、森林の中で差し込む澄んだ光のようです。どんなに辛いことがあっても、その先には、光があると力づけられる笑顔です。

二人目は、「樫木式 カーヴィーダンス」考案のボディメイクトレーナーの樫木裕実さん。私も、樫木さんの著書『カーヴィーダンスで部分やせ！』を持っています。ちょうど、4月頃から、下腹部が出てきたので、引き締めようと思って購入しました。そして、DVDを見ながら、樫木さんのとびっきり元気な太陽のような笑顔と「一緒に頑張るよ〜」の声がけに、「ゆるカーヴィーダンス」を楽しんでやっていました。まぁ、今思えば、太ったのではなくて、卵巣の腫瘍が腫れて下腹部が出てきたわけですから、カーヴィーダンスをしても引き締まりませんでしたけど（笑）

樫木さんの笑顔は、私の心を元気にしてくれます。きっと楽しいことがいっぱいあるって思えるようになります。人それぞれの笑顔には、その人の心のメッセージがあるのだと思います。私は、目の前にいる人の笑顔と、そして、その人の心のメッセージも受けとめたいと思いながら、その笑顔とともにいます。私の笑顔にも、私の心のメッセージが伝わるといいなぁ。

ちなみに、副作用で辛い時も、私、笑顔体操（口角を動かす）は、ちゃんとやってます。私、がんになってから、笑顔がふえたような気がします。今まで、何気なく見過ごしていた些細なことが嬉しくて。今まで、当たり前だったことが幸せに感じられて。がんが、忘れかけていた笑顔を運んできてくれた気がします。

ビタミンC療法の効果

2クール14日目、明日の朝の服用で休薬期！　腕の痺れは、触れると感じる程度で痛みもなく、冷たいものも概ねOKになりました。ただ、冷えきったものを飲むと、まだ少し味覚の違和感が残っています。吐き気や食欲低下は、すっかり回復です。

治療を受け始めてあらためて思うことは……。ステージⅣと診断された現実がある以上、完治は望めない。だけど、完治しないことと元気で自分らしく生き続けることができることは違う。完治しなくても、元気で生きていくことはできると信じる気持ちが強くなってきました。だって、そう自分自身が信じなければ、元気で生きていくことはできないから。自分自身が信じることこそ、自分の手にすることができるのだから。

ということで、抗がん剤でダメージを受けたからだの免疫力をアップするために、昨日も、ビタミンC&ブドウ糖点滴治療に出かけました。

1クール目は、副作用の経過も見たかったので、完全に副作用が治まった12日目にビタミンC点滴を受けましたが、2クール目は、10日目にも点滴治療を受けました。胸やけ以上吐き気未満は、まだ少し残っていましたが、点滴が終わると、すっきりしていました。ビタミンC点滴の効果なのか、副作用が治まるタイミングだったのかは、わかりかねますが。

そこで、次回3クール目はちょっとチャレンジしてみようと思うことがあります。それは、最も副作用の強い3～6日目に、ビタミンC点滴を受けるということです。

点滴を受けているクリニックは、自宅から40㎞ほどあり、車で出かけると、1時間ほどかかります（いつもは、車で出かけています）。でも、腕や手先が痺れて、吐き気もある状態では、運転はできないので、実家から通うことにします。幸いにも、実家からであれば、タクシーで10分ほどなので、なんとかなります。

ただ、最も心配なことは、ビタミンC点滴の副作用として起こる口渇感と脱水状態です。通常は、ビタミンC点滴中に500ml、点滴後500mlを飲んで、ようやく口渇感も治まり、脱水状態も改善されます。でも、抗がん剤治療後は7日目まで、今回の状態から考えると、冷たいものはもちろん、常温の飲み物でものどが締めつけられ、飲むことができません。そもそも、吐き気もあるので、人肌以上の温かい飲み物を、少しずつ飲むことができるくらいです。これをどうクリアできるか？

脱水状態になると、頭痛、吐き気、腹痛、めまいが起こります（以前、一度、経験しました）。とりあえず、温かいお茶とはちみつ紅茶をホットポットに用意して持っていこうと思います。もしくは、ビタミンC点滴後、脱水状態改善のために、補液を点滴してもらうか。クリニックの先生にも相談しようと思います。

最も副作用の強い時に、ビタミンC点滴がどう効いてくれるか。期待したいと思います。

2クール目の休薬期

休薬期は、施設へ出かけ、ケアにあたっています。自分が患者として、医師や看護師から体験したことが良い経験となっています。心から笑顔になっていただけるケアをめざして！　今日も笑顔でケアさせていただきました。

さて、休薬期になり元気になると、やっぱり思います。「なんで、こんなに元気なのに。私は本当にがんなんだろうか？　なんか悪い夢でもみているんじゃない？」と。

そう問いかけると、T先生の告知の言葉が頭を駆け巡ります。

「あなたのがんは、今の医療では治すことができない。治療をして、再発まで少しでも長く延命して、できるだけ元気でいられるように」

つまり、「治らないがん」ということは、いつか再発するってことか……。これが現実。ならば、その現実を受け入れるしかない。しっかりしよう。と、また、気持ちを立て直します。この繰り返しです（笑）。

そこで、次クールの休薬期に、伊勢に行こうと思います。実は、伊勢には前から行きたかったのですが、仕事が忙しく、お休みの時も自宅に仕事を持ち込んだりして、なかなか行けなかったのです。こうして、休職してからも、もし旅行先で体調が悪くなったらどうしようか、かえって、一人旅などしたら、気持ちが沈みこんでしまうのではないか……などと躊躇していました。

でも、同じがん治療を受けておられる方が一人旅をされたブログの記事を拝見して、気持ちが吹っ切れました。同じような立場の方からの経験や知恵は、とても励みになります。躊躇っている自分の背中を押してくださっているような気がします。

見たいものを見る。食べたいものを食べる。行きたいところに行く。やりたいことをやる。そう思いつつも、私、贅沢だなぁ。みんなは一生懸命に仕事しているのに。申し訳ないなぁ。こんなにゆっくりさせてもらっていいんだろうか。なんか後ろめたい……とも思ってしまうのです。

そして、前を向いて進もうとする私の背中には……。もしかしたら、もうできなくなってしまうのかもしれない……。今しかできる時はないのかもしれない……。そんな不安と言いようのない怖さを背負っています。

でも、自由奔放でわがまま放題というわけではありません。必ず、何かを感じて掴んで、それを、私を支えてくださる方に、お返しできるようにと思っています。

今、いろいろとやりたいことが浮かんできています。

趣味として始めたいこと。休職中ではありますが、仕事としてやりたいこと。同じようながん治療を受けておられる方のためにやりたいこと。すぐに始められることもあれば、壮大な（?）、儚《はかな》い（?）夢のようなものもあります。でも、「儚い」夢でも、「人」の支えをお借りできれば、「夢」は叶うと信じています。

開腹手術の傷跡

昨日は、久保田利伸のライブに出かけました。1Fの10列ちょうど中央席で、ファンキーな時間を楽しみました。好きなアーティストのライブは、本当にパワーアップしますね。次は、EXILEのライブ!

肌寒くなってから、開腹手術の傷跡が痛み始めました。つっぱるような感じで、ヒリヒリ、ビリビリと痛みます。ミミズ腫れのように盛り上がってきてはいませんけど、赤くなって少し、固くなってきました。

先回の外来の時に、T先生に伝えると、「少しケロイドっぽくなっとるね。体質的になりやすい人もいるから、もう少し様子をみようか。たぶん、傷が広がることはないと思うけど」と言われました。

お腹にバッサリある20㎝以上の傷跡は、どう見ても、きれいな傷とはいえず、いやです。できれば、傷跡はなくなってほしいなと思ってしまいます。と思いながらも、もし再発して、また手術になったら、同じか……。気にしても仕方ないかなぁと思う私です（できれば、そうなりたくないと心から祈りますが）。

とはいえ、痛むのもいやですし。そこで、「心友《しんゆう》」のAさんから勧めていただいた「ドテラ」というエッセンシャルアロマオイルを塗ってみました。このオイルは、市販のアロマオイルは直接つけられない、飲めないものが多いなか、どちらもできるピュアなオイルです。「ドテラ」とは、地球からの贈り物、という意味だそうです。エッセンシャルオイルは漢方薬の70倍の威力があり、ホリスティック医学的な考えの下に、心と体と魂を整えられるものだそうです。

ちょうど、3週間になりますが、少しずつ、傷跡が薄くなってきました。痛みも治まっています。これはいいかも！と思い、続けています。アロマの香りもとっても素敵で、心も癒されています。

先日、パン屋さんのイートインコーナーで、パンとコーヒーの食事をしていたら、おばあさんに「ここの席、空いているかね？　座っていいかね？」と相席を尋ねられました。「ええ、どうぞ」と答えると、そのおばあさんは、にこにこしながら、話しかけてこられました。

84歳で「セツコ」さんというお名前であること。昨年、お姑さんがお亡くなりになって、今はのんびりして暮らしていること。お姑さんは、とても厳しい人で、TVのドラマに出てくるように、いつも小言を言われ続けてきたこと。などなど、表情豊かに、時に変顔しながら（笑）、楽しそうに話されました。綺麗にお化粧もなさっていて、84歳には見えないくらい若々しいおばあさんでした。

私もにこにこしてそのお話を聞かせていただきました。最後に「セツコさんが、何でもしっかりやってくださる方だから、お姑さんもいろいろとお願いされたのだと思いますよ。私も、セツコさんのように、何でもしっかりとやっていきますね」と伝えると、「そんなことを言ってもらえたのは初めて。ありがと。ありがと」と手を強く握ってくださいました。とても温かい掌でした。一生懸命生きてこられたすべてを、その手が語っているように感じました。

席を立ってお別れしてから、「あのおばあさんと私、どっちが長生きするんだろう」と思いながら、そんなことを考える自分にクスクスと笑ってしまいました。

明日から3クール目です。のんびり無理せず、乗り切ります。

味覚異常

10月31日、3クール8日目。ようやくブログが更新できます。

今朝から、吐き気も治まりかけてきました。やはり、抗がん剤の蓄積毒性からか、2

クール目よりも辛かったです。1日目の点滴後から、吐き気やだるさが始まり、味覚異常も起こりました。

今回、最も辛いのは、舌の痺れと味覚異常です。手足の痺れは、冷たいものや冷たい風に触れると増してきますが、耐えられないほどでもなく、冷たいものを飲んだ時ののどの締めつけも概ね、7日目で治まりつつあります。どちらも、気をつけていれば対症できます。でも、舌の痺れと味覚異常は未だにあります。

まず、1日目から、冷たいものはもちろん、温かいものでも、苦みや渋み、えぐ味しか感じられず、かえって気分が悪くなり、食欲が減退します。ティーカップ一杯（200cc）の紅茶に大さじ3杯のはちみつを入れても、甘味なし。抹茶ケーキの抹茶クリームは、苦みだけ。キウイや梨、メロンも渋みのみ。だし巻き卵でさえ、苦いというか、えぐい感じ。

何を口にしても、甘味も塩味も感じられず、美味しく味わえず、かえって気持ちが悪くなって何も食べられなくなりました。何を食べても「まずいっ！」としか表現できない。あえていうなら、サビを舐めているような感じ。あっという間に体重もマイナス2kgとなりました。無理をしてでも食べないと体力も落ちてしまうので、頑張ってはみましたけど、本当にきつかったです。

2クール目も甘味が戻ったのは、服薬期間が終わる頃でした。今日も、昨日、お見舞いに来てくれた「心友」Yさんが持ってきてくださった栗きんとんは、甘味を味わえず、栗の渋みだけ。本当は、とっても美味しいのに、残念です。もうあと少し、頑張ります。

色素沈着

9日目。味覚は、甘味やうまみはまだ十分には味わえませんが、苦みや渋みが薄れてきたので、食べられるようになりました（ただ、舌には、なんとなく違和感が残っていますけど）。

今日も、お昼は、作り置きしておいたカレーをしっかり食べました。でも、夕方過ぎると、また、軽い吐き気が出てきて、夕食はりんご半分とロールパン1個だけ。

足の裏にしみのような色素沈着がかなり増えて、全体的に皮膚が黒ずんできています。また、足の指も黒ずんできました。足なので、人に見られることもなく、まだいいのですが、これが手に出てくると嫌だなと思ってしまいます。これは、ゼローダの副作用です。

先回の受診の時にT先生に相談したら、「茶化すわけではないけどね、『よう、やけとるね。どこ行ってきたの？』って言われるくらいになる。まあ、どんどん黒くなるわけでもないから、ある程度になれば、それ以上にはならないと思うけど。女の人は嫌かもしれないけど……」

対症法はないかと尋ねると、「う〜ん。僕たちも色素沈着については、経過を追ってはあまり診ていない。それよりも皮膚が荒れて、ひび割れすると、痛みも出てくるし、感染症の危険もあるからね」ということでした。まぁ、見た目は気になっても、からだにそれほど影響のないことは、二の次、三の次にしてってことですね。

皮膚荒れや赤い腫れは今のところ、クリームなどで保湿に努めているせいか出てきていません。ただ、足の裏は、ふやけたように白くなって皮めくれが出てきています。痛みもなく、お風呂上りにつるっと剥けてしまう感じです。

手足の荒れには、先生はワセリンでもいいと言われましたけど、保湿として、クリームを塗るだけでなく、まず、水分補給をしっかりしています。顔の肌のお手入れと同じですね。保湿の前に、まず、水分補給です。

手足症候群の副作用の対症法について、抗がん剤治療を受けておられる方から、足に化粧水でパックするといいですよとアドバイスをいただきました。パックをするのも大変なので、保湿効果の高い水分成分の多い化粧水をまずたっぷり塗っています。その後、アロマオイルでマッサージ。そして、保湿クリーム&軟膏（ヒルドイドソフト）をしっかり塗っています。

クールを重ねると、皮膚障害も出てくるということなので、とにかく、予防！　予防！　美肌だけでなく、手足、お腹の手術跡と毎日のケアに大変です（笑）。

ちなみに、今、通っているお肌のエステのエステシャンの方からも、化粧水でしっかり水分を与えて潤わせてから、栄養分となるクリームを塗らないと、お肌に栄養分は浸透しませんよと教えていただきました。私が毎日しているお顔のしっかり化粧水パッティング方法は、「コットンを使ってたっぷりと」。手は少量の化粧水しかキープすることができません。やはり、たっぷり化粧水を含んだコットンでパッティングするほうが、化粧水の肌への浸透率が高いのです。コットンが乾いたら、どんどん化粧水を足します。化粧水は高価なものを少量使うよりも、安価なものをたっぷり使うほうが肌を潤わせるには効果的と思います。

副作用の日常生活への支障

12日目、味覚は、苦みや渋みはかなり薄れてきましたが、まだ甘味やうま味が戻ってきません。舌の感覚にも違和感が残っていて、食事が美味しく味わえずにいます。薬の減量や休薬は、副作用の日常生活への支障の大きさにより判断されます。

たとえば、脱毛について。今現在、頭髪の脱毛はそれほどでもありませんが、ツヤがなくなり、傷んできています。まぁ、季節的には抜けやすい時期でもあるので、副作用なのかどうか?って感じですが、それなりに抜け毛が多くなっています。ただ、腕のむだ毛の手入れに脱毛したところは、もう2カ月以上たつのに、ほとんど、むだ毛が出てきていません。まぁ、これはこれでいいんですけど（笑）。つまり、抜けるだけでなく、生えてこないってこと？

乳がんの抗がん剤の副作用では、脱毛ダメージは強く、1カ月でほとんどの毛がなくなってしまうそうです。髪だけでなく、眉やまつ毛までも抜けてしまいます。だから、つけまつ毛をしたり、眉メークを工夫したりと、アイメイクにも苦労されるそうです。

女性にとって、精神的に最も辛い副作用は脱毛だと思います。女性のみなさん、乳がん検診はきちんと受けられたほうがいいですよ！

やはり女性にとっては、アイメイクは女子力アップの大切なポイントです。ということで、ちょっと気になり、まつ毛の美容液（プレミアムアイラッシュエッセンス）を毎日塗っています（笑）。もちろん、抜けたら嫌だなぁでなく、フサフサのまつ毛になりたいという前向きな思いからですよ。塗り始めてから、3週間ほど経ちましたが、これ、いいですよ。ホントに、まつ毛が長く、フサフサしてきました！

ただ、脱毛自体は、ウィッグや帽子、メイクで見た目をカバーできるため、精神的な苦痛はあっても、日常生活への支障はあまりないとされる副作用です。でも、手足症候群や手足の痺れは違います。減量や休薬の判断指標になります。T先生からも最初に副作用について話をしていただいた時に言われました。

「脱毛は、女性にとっては、精神的には辛いけど、帽子やウィッグでなんとかなる。皮膚の色が黒ずんだり、爪の色が悪くなっても、見た目には嫌かもしれないけど、日常生活ができなくなるということはあまりないと思う。だけど、手足症候群で、手足が腫れたり、荒れて痛くなると、手足が使えなくなり、日常生活に支障が出てしまう。箸やスプーンが持てなくなれば、食事ができなくなる。足がしびれて、立てなくなれば、歩けなくなる。自分でトイレに行けなくなる。これでは生きていけないから、減量したり休薬したりしないといけなくなる」

そして、ひどくならないように、何事も予防が大事です。悪化すると、対症療法として、薬が処方されたり、別の治療を受けることになります。そうなれば、また、その薬や治療の副作用がもれなくついてきます。できるだけ、薬は最小量で最低限に抑えたいものです。

T先生も、「なってしまったら、それなりの対症療法もあるけど、まずはならないように、予防が大事。（手足症候群がひどくならないように）しっかり、クリーム塗って。処方する薬でなくても、自分に合うのがあれば、それでいいから。しっかりね」と、おっしゃっています。

伊勢神宮参拝

相変わらず、午後からのからだのだるさと味覚異常、舌の感覚の違和感は残ったまま。

甘味やうま味を味わうことができないと、こんなにも美味しさを感じられないなんて。何を食べても味けない。でも、辛いものは味わえるので、カレー、エビチリ、麻婆豆腐などを食べています。

食事療法もちゃんと考えて取り入れたいのですが、今は、とりあえず、食べられるものを食べて体重を戻そうと思っています。いつまで続くのか……。休薬期になれば回復するのかな……。ちょっと不安。次回、T先生に相談しようと思います。

「抗がん剤を受け入れたことも、今の主治医に巡り合えたことも、縁ですよね。すばらしいお仕事と巡り合ったのも、縁。すばらしい縁を引き寄せたのはあなた自身です」

これは、ある方からいただいた応援メールに綴られたメッセージです。何一つ欠けても、誰一人かけても、今の私はここにいません。今の私があるのは、こうしたご縁であり、ゆかりのおかげです。

私の大切にしている言葉は「一期一会」。私の大好きな色は「ゆかりいろ（紫）」。明後日、伊勢神宮へ出かけます。お天気は雨模様のようですが……。ステキなご縁がありますように。

休薬期になりました。味覚もほとんど回復しました。ただ、まだ少し、舌の感覚に微妙な違和感が残っています……。

さて、６、７日、伊勢神宮へ参拝に行ってきました。

伊勢神宮には、太陽を神格化した天照大御神を祀る皇大神宮と、衣食住の守り神である豊受大御神を祀る豊受大神宮の二つの正宮があり、皇大神宮を内宮《ないくう》、豊受大神宮を外《げ》宮《くう》といいます。そして、別宮《べつぐう》、摂社《せっしゃ》、末社《まっしゃ》、所管社《しょかんしゃ》を含めた、合計１２５の社宮を「神宮」と総称しています。ちなみに、「お伊勢さん」「大神宮さん」「伊勢神宮」と言われていますが、単に「神宮」というのが正式な名称だそうです。

今回は、６日に、まず外宮を参拝してから、内宮に参拝し、７日は、別宮の瀧原宮《たきはらのみや》を参拝しました。

６日は小雨もありましたが、傘をさすほどのことはありませんでした。かえって、小雨に濡れた緑が瑞々しく、五十鈴川には、神秘的ともいえるような霧が少しかかっていました。そして、時おり、参道の木々の木漏れ日がかがやき、神々しさを感じるくらいでした。

外宮と内宮は、地元の観光ボランティアの方に案内をお願いしました。60歳くらいの品のある優しい穏やかな女性でした。ひとつひとつ、神話とともに、ご自身の神宮への思いを語りながら、案内してくださいました。この女性は、案内ボランティアを始められてから、１年半だそうです。案内ボランティアを始められたきっかけをお伺いすると、こう話してくださいました。

「伊勢に生まれ育ったにも関わらず、この歳になるまで、実家も浄土宗なので、お伊勢さんには時々お参りにくるくらいだったのよ。でもね、ふっと、私がこうして伊勢に生まれ育った意味があるんじゃないかって思いましてね。そう思った時に、お伊勢さんに呼ばれているような気がして。

そして、神話を読んでいくごとに、自分の人生につながることがたくさんあって。今もこうして案内させていただきながら、いろいろな人に出逢って、いろいろなことを勉強させてもらっています。とてもありがたいことです。こうした一期一会の出逢いに感謝しています。そして、一期一会を大切にしたいと思って、案内させてもらっています。

きっと、あなたも（お伊勢さんに）呼ばれていらしたと思うの。あなたにお告げしたいことがきっとあるのだと思いますよ」

私の座右の銘は「一期一会」。このボランティアさんとの一期一会に、不思議なご縁を感じました。初めて出逢った方なのに、どこか懐かしい人に再会したような……。一緒にいて、とても安らいだ気持ちでした。また、いつかお会いしたい……。そう思っています。

内宮の中で、私が最もエネルギーを感じたのは、風日折宮《かざひのみのみや》でした。参拝のために、手前あたりまで行こうとしたら、急にからだの中に何かが流れるような感覚を強く感じました。患者ならではの表現をすると、ＣＴ造影検査の時に、造影剤を点滴されると、一瞬でからだじゅうに造影剤が駆け巡り、からだが熱くなります。この感覚にとても似ていました。そして、からだを揺さぶられるような感じを受けた後、すーっとからだの中の熱さがひいて、とてもからだが軽くなったのです。とても不思議な体験でした。
帰ってきてから、神宮のことを少し調べたら、この風日折宮はパワースポットのひとつでした。あらら？　そうだったの？（あらかじめ、調べていくべきだった……）

今までの人生において、良くも悪くも、身にまとってしまったもの。時には、私自身を守ってくれたものもあれば、自分を守るあまりに、人を傷つけてしまったものもあります。自分自身を守るために何重にもまとった鎧《よろい》は、私には重すぎたのかもしれません。この鎧を、ひとつひとつ身から放して生きていくことが、これからの私の生き方につながるような気がしています。

がんの治療

がんの治療は、がんが良くなった方のケースも、あくまでその人固有の体質と治療調整が功を奏しただけであり、治療そのものを保証しうるものではありません。がんの状態は十人十色。治療を開始する時期も早いか遅いか千差万別。治療方針としては、「まずは進行を遅らせよう。そしてうまくいったらがんの成長をとどまらせ、いわゆる共存関係に持ち込もう」といった姿勢で進めるのが基本です。

その上で治療を試行錯誤しつつ、がんを縮小せしめることができたなら、さらに努力して治癒をめざそうということになります。もちろん、がんが縮小、消滅しても、「治癒」を宣言するまで少なくとも5年。なぜなら、再発や転移の無きことを確認せずには最終診断を下せないから。

職場のスタッフさんのお母様はリンパ腫のがんで、長く抗がん剤治療を受けてこられたそうです。検査の度に、再発してはいないかと心配して、お母様からの電話を待っていたそうです。そして、治療から5年が経ち再発もなく完治されました。今もお元気で過ごされています。

私も11日に、抗がん剤治療を受けてから初めてのＣＴ検査でした。明日は、今までの3回の治療の評価について、Ｔ先生から何らかのお話があることでしょう。検査の結果を考えると、いろいろと心配ですけど……。

21日には、服薬期間ですが、職場のスタッフＴさんが京都に紅葉を見に連れて行ってくれます。私が京都の伊右衛門カフェでパフェが食べたいなぁ～とメールでつぶやいたら、すぐに、ほかのスタッフにも声をかけて、京都行きを計画してくれました。

いつも、本当にいろいろと気遣って、励ましてくれています。こうして、励まして支えてくださる方が、私には、いっぱいいっぱいいます。だから、私は、しっかり前を向いて、がんとともに生きていくことができています。みなさん、本当にありがとうございます。

明日からの4クール目は、まず、21日をめざして乗り越えます！

1日に3つの虹

4クール8日目。今回は、注射をした腕の痺れや痛みも3日目にほぼ治まり、先回のように辛い味覚異常や舌の感覚異常もありませんでした。

先回と何が違うのかわからないのですが、5日目には常温水も飲め、フルーツやおかずも苦みはあるものの、うま味も甘味もそれなりに味わうことができました。

そのかわりに、今回は、軽い頭痛が続いています。後頭部あたりが、鈍くじんわりと痛む感じです。これは、これまでにはなかったことで、副作用なのかどうか？　でも、日常生活に支障をきたすほどでもないので、様子をみています。

さて、今日は、職場の職員さんと京都へ紅葉を見に行きました。

京都へ向かう高速を走っている時に、とても大きな綺麗な虹が空高くに見えてきました。山と山の間を架け渡すように美しいアーチの虹の端から端までがはっきりと見え、美しく七色に輝いていました。

どんどんその虹に向かうように走り続けると、本当に、その虹の端に近づきました。おそらく20分以上は走っていたと思います。その間、虹はずっと空に架かっていました。そして、その虹を背にして見えなくなった瞬間！　今度は、走っている車の前に小さな虹が現れました。わぁ～　すっごい！　まるで、「今度は、こっちよ」とでも虹が道案内をしてくれているかのように。さらには、帰り道にも、空をかすめて通り過ぎるかのような虹が現れました。

今日、１日で虹を３つも見たのです。これってすごいですよね。きっときっと、いいことがあるはず。そういえば……。ゆずが「虹」って曲を歌っていましたね。とても好きな歌です。思わず、口ずさみました。

♪流した涙はいつしか　一筋の光に変わる♪

今日のこの虹を、私は、一生忘れないと思います。

京都紅葉巡り

11月23日。21日に行った京都の紅葉巡りは、まずは平等院へ。おそらく、週末が見どころなのでしょうけれど、色づき始めた紅葉も綺麗でした。移り変わりゆく季節をまったりと感じました。

私は京都生まれということもあり、神社仏閣を巡ることが好きです。お伊勢さんを参拝した時もそうですけれど、参道を歩いていると気持ちが凛とします。この道を、何百年も前に、歴史上の人々が同じように歩いていたのかと思うと、この参道を歩いた人の思いが、現世に受け継がれていることの素晴らしさを感じます。

自分が今していることが、形になって残らないかもしれない。成し遂げられないかもしれない。でも、きっとこの先、その思いや志は、必ず、受け継がれていくような気がして。そう思い、願うことで、今、自分がしていることがたとえ些細なことであっても、形として残らなくても、それは、意味のあることだと、気持ちが引き締まります。

今、自分にできることを、ひたむきにしていこう。そう思います。

平等院の後は、今回の私の楽しみ「京都宇治　伊藤久右衛門　茶房」での甘味。どの抹茶スイーツも私にとっては美味しくて、よくお取り寄せします。栗抹茶ロールケーキは、ほのかに香る洋酒が栗の風味を深めて、本当に美味しいです。


先回の副作用を考えると、8日目で、美味しさを味わえるのかととても心配でしたが、今回は、神様が、先回の副作用を頑張った私へご褒美をくださいました。

いただいたお抹茶ぜんざいは、抹茶のほどよい苦みもぜんざいのほんのりとした甘さも、とっても美味しく味わえました。美味しいものを美味しく味わえる「し・あ・わ・せ」でいっぱいでした！（本当は、パフェを食べたかったのですが、さすがに冷えたものは、まだいただけません）。

「京都宇治　伊藤久右衛門　茶房」でお土産スイーツを買い込み、その後、下鴨神社へ。紅葉は、まだ青葉でしたが、銀杏の木は、黄金色に輝いていました。日の光があたり、きらめくように美しかったです。

ここは、私の両親が結婚式を挙げた神社です。母の実家も下鴨神社の近くで、幼い頃、よく母と散歩にも来ました。今日は、母の形見のペンダントをつけて、参拝しました。

母が亡くなって、5カ月が過ぎました。母の葬儀後、すぐに手術のために入院し、抗がん剤治療に入り、ゆっくりと母を供養することもできなかったのですが、今日、こうして、下鴨神社を参拝することができて、母も喜んでいると思います。とてもよい供養になりました。神社でおみくじを引きましたが、「末吉」でした。願いごと＝「当分むつかしい」、病気＝「長引くから、一層の努力が必要」、仕事＝「もう少し考えよう」。あまりにリアル過ぎて、シャレにもなりません。思わず、苦笑いするのが精一杯の私でした。

ちなみに、下鴨神社の楼門そばに相生神社という縁結びの神さまが祀られています。御祭神の神皇産霊神《かむむすびのかみ》は縁結びの神、結納の守護神としてあがめられています。めでたいことを「相生」といいますが、これは「相生社《あいおいのやしろ》」からできた言葉です。相生社の側に「連理《れんり》の賢木《さかき》」という不思議なご神木があります。2本の木が途中から1本に結ばれています。縁結びの神のお力で結ばれたと言い伝えられています。

また、鳥居の手前には、「さざれ石」があります。日本国歌にうたわれている「さざれ石」とは、ちいさな石という意味です。さざれ石は年とともに大きく成長し、岩になると信じられている神霊の宿る石です。不思議なパワーがあります。

そして、下鴨神社の門前名物といえば「みたらし団子」。みたらし団子は下鴨の加茂みたらし茶屋が発祥で、下鴨神社境内にある御手洗《みたらしの》池《いけ》の水泡を模して、この団子がつくられたといわれています。下鴨神社の北西（同社から徒歩3分くらい）にある甘味処「加茂みたらし茶屋」でいただくことができます（今回は、みたらし団子はお見送りしました）。

下鴨神社の御手洗祭（水で足を洗い、身を清める）というお祭りでは、神様への供物は串団子と決まっていて、加茂みたらし茶屋のお団子がお供えされるそうです。加茂みたらし茶屋のみたらし団子は、串に5つ刺さっていて、一番上の団子と、二番目以降の4つの団子との距離が離れています。これは一番上の一つが人間の頭を、他の4つが、身体を表しているそうです。この形は、無病息災を願ったのだということです。以前いただいた時のお味としては、弾力のあるコシの強い美味しさがあります。おこげの部分も香ばしくて美味しいです。

本当に、今回の京都紅葉巡りは、秋を満喫することができました。私の心も色づきました。この京都行きは、職場のTさんに、「京都宇治　伊藤久右衛門　茶房」でパフェが食べたいなぁとつぶやきメールを送ったことがきっかけでした。彼女はすぐに返信メールで「じゃあ、行きましょう」と。

私「でも、京都だし、なかなか行けないよね」

彼女「だからこそ、行くのよ！　私、車出しますっ！」

いつもいつも私を励まし支えてくれている彼女に本当に感謝です。

こころと免疫

免疫力と「こころ」には深いつながりがあります。がんの治療成果もこころの持ち方次第。とくにがんの克服には免疫力や、こころの問題が大きなウエイトを占めると言われ、なかでも「こころ」の問題は、免疫力と関係があるといいます。

ちなみに、笑う機会が増えると、がん細胞を攻撃するリンパ球の一種「ナチュラルキラー（ＮＫ）細胞」も強くなるそうです。ＮＫ細胞は、体内で絶えず発生するがん細胞を破壊し、体ががんに侵されるのを防いでいるのです。攻撃力の大きさを示す「ＮＫ活性」は加齢とともに低下しますが、積極的に笑おうとすることで再び活性化するとか。

やっぱり、どんな時も笑っていよう。

だからこそ、私は、がんになっても気持ちを前向きにすることで充実した日々を送ろうと思っています。そのために、病気そのものの治療だけでなく、こころに目を向け、こころの声に耳を傾け、生きる意欲を引き出して、自分でできる限りのことをしながら、免疫力を高める努力をしています。

がんを告げられた時には、死の恐怖にもおののきましたが（今でも時折あります）、だからこそ生きる目標を立てて自分と真摯に向き合う自分でいたいと思います。

◇私のがん患者としての心得3カ条

（1）自分が主治医になったつもりで病気に対処する

自分の病状や治療方法やその効果を理解して、必要な情報を収集する。がん情報誌「がんサポート」は勉強になります。病院の外来などにもよく置いてあります。そして、標準医療だけでなく、補完代替療法もT先生と話し合いながら、選択肢として考えています。

（2）今日1日の目標を立て、それを楽しむ

仕事や趣味など自分がやりたいことに全力投球して、楽しむ。私はケアの仕事を天職と思っているほど、やりがいを感じています。だから、休職中ではありますが、体調の

良い日には、施設へ出向いてケアに携わっています。そして、今まではあまり出かけられなかったところへも小旅行したりしています。

また、最近、アロマオイルにも興味があるので、勉強しようと思っています。私にはアロマオイルはあっているようで、実際に手術の傷跡や手足の荒れに、効果が出ています。

（3）わき上がる不安や恐怖は、あるがままに受け入れて、共存していく

がんであるゆえに、死の恐怖をぬぐうことはできないものです。時には、再発の不安で寝つけない夜もあります。突然、涙が流れて止まらなくなるときだってあります。泣きたい時は思いっきり泣きます。不安や恐怖も無理にぬぐおうとはしていません。それが「がんとともに生きる」ということだと思っています。

ということで……。今日はEXILEドームツアーに初参戦！　アリーナ席でエキサイティング！　どんな治療よりも、私の免疫力はアップします。きっと、この参戦で、かなりのがん細胞をやっつけた！と思っています。

次の参戦は、12月3日です。職場のTさんと一緒に参戦！

楽しみ！　楽しみ！　楽しみ！

明日は、施設で利用者様の11月のお誕生日会とケアカンファレンスがあるので、出か

けます。一生懸命、利用者様にケアを尽くして、自分のやりがいを楽しんできます。

食べることは生きること

T先生は、消化器外科の先生だからなのか、よく言います。

「食事は食べとれる?」「食べれんと生きていけんからね」「まず、食べれることが大事! 大事!」

手術の説明の時も、「腫瘍が大きくなって腸閉塞になりかけてるから、このままでは口からの食事ができないままになる。点滴だけでは、栄養が十分に取れない。やっぱり、食事ができるようになるためにも、手術したほうがいい。まずは、食事ができるようになること。次に、食べたものがちゃんと出るようになること。がんの治療は、その次。食べることと出ることができないと、がんの治療もできないからね」と言われました。

そういえば、父も母も自分の口で食事ができなくなってから、あっという間に亡くなってしまいました。施設のご利用者の方も、食欲がなくなり、食事の量が減っていくと、体調を悪くされたり、思わぬ病気が引き金となり、入院されたり、そして、残念なことにお亡くなりになることもあります。

だからこそ、ケアにおいても、食事の量の変化は、見逃してはならないため、日頃から気遣っています。そして、食べたいという意欲を引き出すこと、食べる楽しみを味わっていただくことを大切にしています。

がん遺伝子検査

今週は、仕事の関係で休薬期にしてもらい、先週から引き続き、2週間の休薬期になります。毎日、元気に仕事にプライベートに動き回っています。先週末には、2度目のEXILEライブツアーに職場のTさんと参戦！　めちゃめちゃ盛り上がり、からだもこころも絶好調です。やはり、毎日、目標を持って生活することは大切ですね。気持ちが前向きになり、食欲も旺盛で、しっかり体重増！　元気さを自分でも実感できます。

明日は、ビタミンC点滴を受けているクリニックで「がん遺伝子検査」（CanTect）を受けます。この「がん遺伝子検査」は、正常細胞の「がん化」に関与する遺伝子の状態を調べ、画像診断では発見不可能な微細ながんの存在リスクを評価するものです（サイトより）。がん遺伝子検査には（料金はクリニックによって若干違うようです）、総合検査コース：18万円、リスク評価コース：9万円、突然変異・メチル化検査コース：11万円、FreeDNA濃度検査コース：1万5千円と4つのコースがあります。自由診療ですから保険適用外での実費になります。

私の腫瘍マーカーCEA値は、11月の検査では11・3で、T先生の前回値との比較評価では「誤差範囲」とか。CT検査でもダグラス窩の影も11㎜から9㎜への変化はあるものの、医学的には、20％小さくならなければ、縮小とは言えないそうです。

T先生も、「評価としては、縮小とまでは言えないけど、画像を見ると、小さくはなっていると思うんだけど、どう？」と、私にCT画像を見せてくださいました。

確かに、わずかに小さくはなっているけど……。もともと影も小さいので、効果もそれほどでないのかなぁ。という状態で、もう少し自分の状態を知る手立ては何かないかと思っていたところ、クリニックでこのがん遺伝子検査を知り、高額ではありますが受けることにしました。

検査そのものは、先生との問診と血液検査だけです。結果は、総合コースで1カ月くらいかかるそうです。どんな結果になるのか、不安ですけど……。結果の如何に寄らず、自分の状態をより知ることは必要だと思っています。やっぱり、「私の主治医」は、T先生だけでなく、私自身でもありたいと思います。

フルーツの食べ方

最近、食事について、心がけているのは朝食。もともとフルーツは好きですが、朝食にフルーツを食べています。できるだけ、3種類以上のフルーツを摂るようにしています。

今の季節なら、りんご、バナナ、キウイ、ブドウ、かき、洋ナシなど、色とりどりにしています。でも、実はこのフルーツにも間違った食べ方と正しい食べ方があるそうなのです。多くの人が食後にフルーツを摂ると思うのですが、実はこの食べ方は「最悪」ということらしいのです。

フルーツは、酸化するのが早い食べ物です。要は腐りやすいということですね。りんごや桃は特に酸化が早く、すぐに腐ってしまいます。食後にフルーツを食べると、フルーツは胃の中で急速に酸化します。先に食べた食事を消化している胃の中で、フルーツの消化は順番待ちとなります。順番を待っている間に、酸化して腐ってしまうのです。フルーツに含まれるビタミンや酵素は腸に届いて初めて体に吸収されるのですが、腸に届く前に腐った状態になってしまうのです。これではフルーツを食べる意味はなく、腐ったものを食べているのと同じことになります。

では、フルーツをいつ、どのように食べればよいかというと、朝起きて、すぐに食べることだそうです。胃の中が空っぽの状態でフルーツを食べると、フルーツはすぐに消化され、ビタミンなどの大切な栄養素が腸にしっかり届きます。できればフルーツをたくさん食べて、朝食はそれでおしまいにするのがベスト。

朝からごはんを大量に食べると、血液が胃に集まってしまい脳やその他の臓器に血が回らなくなります。体が動き出そうとするときに血が回らないので頭が働かなかったり、体がダルくなったりして、「今日は体調が悪いな」と感じてしまうのです。

「健康のためにフルーツを摂ろう」といっても、食べるタイミングで、効果は全く違うものになるのです。ですから、食事で体質を変えようと思ったら、何を食べるかだけではなく、食べるタイミングや食材が持つ効能までしっかり把握しておかなければなりません。和食中心にすればいいなんていう単純なものではないようです。

仕事の流儀

今日は、久しぶりに泣いてしまいました。

こうして、休薬期には仕事に出かけていますが、今、本来、私がすべき仕事は、他の課長さんやリーダーさんが代行してくださっています。皆さん、それぞれに自分の仕事で忙しいのに、迷惑をかけて申し訳ない気持ちでいっぱいになります。そして、また、代行してくださることに感謝しています。

でも、寂しく思ってしまいます。自分の居場所がなくなっていくようで。今年は、海外研修も、管理者研修も行きたかったのに。また、今月は、県の施設監査がありますが、その監査のための内部指導にも、前年度の経験を踏まえて、取り組みたかったのに。何もできない……。

そして、来年度は、新しい施設が開設されます。そのオープニング準備にも携わりたいのに。年頭に掲げた私の目標は、何もできないままに終わってしまいます。

こうして、ボランティア的にケアのお手伝いはできても、やはり、普通に勤務することができなければ、責任のある仕事はできない。私がやりたい仕事はできない。無性に悲しくなりました。悔しくなりました。そして、涙がボロボロこぼれました。

仕事がしたいのに。やりたいこと、やってみたいことがいっぱいあるのに。私の仕事を返して！　返して！　そう叫びたくなりました。涙が止まりませんでした。

いつ、仕事に復帰できるのだろうか……。もう、仕事には戻れないのだろうか……。どこにもぶつけることのできない怒りや苛立ち……。泣くだけ泣きました。

私は、本当にケアの仕事が天職だと思うほど、やりがいを持っています。自分の仕事を天職だと思えることは、幸せだと思います。

NHKの番組に「仕事の流儀」というのがあります。この番組はお気に入りでよく見ます。最後に、「あなたにとってプロフェッショナルとは？」という問いかけがあるのですが、私にとっては、「自分にしかできないことを極めること」だと思います。私にしかできないケアのあり方を、ケアの真髄を追求し探究する。それを信念にしています。

私には、両親の看護介護、そして、自分自身の患者としての経験があります。この経験は、かけがえのないものです。この経験をケアに活かしたい。そして、また、その真髄を伝承していきたい。私のこの思いは、叶うのだろうか……。

2週間の充実した休薬期間も明日で終わりです。月曜日から、5クール目スタートです。クールが終わる頃、クリスマスになります。23日には、施設のクリスマス会があります。元気で出かけられますように……。

抗がん剤治療5クール目

5クール目、始まりました。

今年の漢字は「絆」でしたね。私も真っ先に浮かんだ漢字でした。そして、私に浮かんだもう一つの漢字は「生」（生きる）です。震災で被災した方々には、本当に真摯に生きていく姿を感じます。お亡くなりになった方の分まで、懸命に生きていらっしゃいます。その姿に学び、私自身も「生きる」ことを全うしようと思います。

大阪、名古屋に続き、昨日の東京でのEXILEライブ、サイコーでした。今回EXILEライブのテーマは、「願いの塔」。明日を信じる。未来を信じる。願いの塔は心の中にある。夢をあきらめない。絶対に。

今の私にとって、とても心に残るメッセージでした。

自分で納得して、抗がん剤治療を始めたものの……。元気なのに、どうして辛い治療を受けなければいけないのだろう。この治療を受けなければ、副作用に苦しむことなく元気でいられるのに……。頭では理解できても、心のどこかで受け入れられない。その思いは、いつとなく、堂々巡りをしてきました。

けれど、ようやく、昨日、自分の中でしっかりと治療の意味がわかったような気がします。こうして2週間、好きなだけ仕事にプライベートに駆け回って、充実した時間を送ることができた。とても楽しかったし、自分自身、生き生きしている実感がありました。

「楽しかったね。よく笑ったね。いい笑顔だったよ。本当によかったね。とっても、生き生きしているよ。こうして生きていることを楽しむ時間を、少しでも長く持つことができるように治療をしているんだね」

そう、もう一人の自分が、私に語りかけたような気がしました。

「そう、そうなの。そうなのよ」

心のモヤモヤが、すっと消えていきました。そっか。そっか……。

やはり、体調の良い時や休薬期には、やりたいこと、好きなこと、楽しいことをして生き生きして過ごすことは、大切なんだと思いました。楽しむことなく、何気なく過ごしてしまうと、服薬期の苦しさや辛さばかりが残ってしまいます。苦しみや辛さを乗り越える意味を見失います。楽しみや喜びや嬉しさを満喫することで、治療を乗り越える意欲が湧いてきます。やっと、自分で納得できました。

今日、外来受診で、T先生も言われました。

「今は、がんのしこりも自覚症状も何もないから、元気でいられるし。からだを悪くしとるのは、抗がん剤の副作用だからね。小さくならなくても、ほかに転移再発しなければ、この治療を続けていけると思う。(より強い治療をしなくても)治療の意味はあると思うし、僕は、がんが抑えられていれば、いいと思うけどな。僕のいうこと、わかってくれる?」

はい。とてもよくわかります。

ちなみに、先回の点滴注射の時に、手の痺れのことを内科医の先生に少し話したら、「リリカ」という薬を処方したらどうかと、T先生に話があったそうです。

手の痺れと言っても、注射をした腕は4日くらいで治まります。手先、足先は冷気や冷水に触れれば、服薬期間は痺れ、痛みますが、休薬期には治まっています。だから、私は、「リリカ」を服用するほどでもないと思っているので、そうT先生にも伝えました。T先生も、「『リリカ』は、めまいや気持ちが悪くなることが多いから、(副作用で)困ってしまうんじゃないかなぁ。僕としては、『リリカ』を使うんなら、漢方薬のほうがいいと思うけど」とのこと。

現時点では、薬の量が増えるのもちょっと躊躇うので、漢方薬も見送りにしました。とはいえ、今回は腕の痺れ、けっこう強いです。おそらく最強です! 点滴直後で、すぐに痺れ始めて、2時間耐えて、終わる頃は、もう痛みの限界でした。

今回も、途中で点滴が落ちなくなり、再度、針の差し替え。すでに痛み始めているので、めちゃめちゃ痛いです。もちろん、血管痛を少しでも和らげるために、温めてもらってはいるのですけど……。

それから、点滴途中から、軽い吐き気が、忍び足で近寄ってきました。いつもは、2日目の午後くらいから始まるのですけどね。やはり、抗がん剤は恐るべし。

少しでも体調に変化があったら、先生や看護師さんにコールですね。先生に自覚症状などを話していても、私にとっては、「まっ、このくらいいいか」と思うことを、先生が心配してカルテに入力したりすることもあります。自己判断は禁物ですね。

今年もあとわずか……。

小さな幸せを日々感じる人生

5クール7日目。まだ薬が抜け切らず……。という感じです。

今回も味覚異常は、それほどでもなく、食事もそれなりに食べることができています。ただ、頭痛が続いていることと、からだがだるくてフラフラで、眠ってばかりです。まるではちみつ紅茶ばかり飲んでいる冬眠中のくま！の私です（笑）。

また、午後になるにつれて、吐き気が増してきます。そして、昨日は夕食後、吐き気がアップして、初めて多量に嘔吐してしまいました。吐き切ったら、すっきりしましたけど……。

昨年に続き、今年は母が亡くなったので、喪中はがきを新年のご挨拶に代えさせていただきました。そのお返事に、母へのお供え物を送ってくださったKさん、クリスマスカードを送ってくださったMさん、メッセージ絵本を送ってくださったKさん、本当にありがとうございました。一緒に食事をしたり、仕事をしたり、語らいあったあの頃のあなたの笑顔を、声を思い出しています。つい昨日のことのような……。懐かしいような……。みなさんの心温かい笑顔が私を支えています。

もう何年もお会いしていないのに、こうして励ましてくださるおかげで、私は今日も前を向いていくことができます。心から感謝しています。そして、私は、今日もみなさんからいただいた幸せを感じています。

今年もあと2週間になりました。今年は、未曾有の震災というとても辛く悲しい出来事がありました。震災にあわれた方々の多くは、大切なものや大切な家族を一瞬にして失われました。あれから9カ月……。TVの映像では、みなさんの笑顔が少しずつ、戻ってきています。きっと隠し切れない悲しみを抱えながらも、ひたむきに今を生きていらっしゃることでしょう。自分にできることをひとつひとつ積み上げながら明日を信じて生きていらっしゃる姿に、私も勇気づけられます。

悲しみを癒すことができるのは、やはり誰でもなく、自分自身です。自分自身が今の自分を受けとめる勇気を持つことで、悲しみが癒されていくような気がしています。たとえ時間がかかっても、いつか自分自身をしっかり受けとめられる自分になりたいと思います。

毎年この時期になると、今年1年を振り返りながら、忙しいながらも、こんなことができた、あんなこともやり遂げられた、これも手がけられた、来年はもっと頑張って、これをしよう、やり遂げよう、あれもやってみたい……。そう振り返りながら、来年の抱負を掲げていました。

でも、今年は、この1年を振り返る気持ちにはなれなくて……。振り返ることが怖くて、切なくて、寂しくて。一生懸命に、前を向いて生きていく志を胸に抱きながらも、言いようのない不安と恐怖を背負っています。

いつまで元気でいられるのだろう……。

いつか再発転移してしまうのだろうか……。

やってみたいことはできるのだろうか……。

やり遂げたいことは遂げられるのだろうか……。

時に、背負うものが重たくて、後ろに倒れ込みそうになります。前に進む足がすくんで、しゃがみこんでしまうこともあります。立ち止まると、もう踏み出す力がなくなってしまいそうで、うつむいたまま足を引きずることもあります。それでも、胸に抱くものと背中に背負うものに揺れ動きながら、一歩一歩進んでいます。

今年という1年を振り返ることはできなくても、私はこの1年を忘れることはない。忘れることはできない。いいえ、忘れてはいけない。私にとっては、厳しいながらも自分らしく生きる新しい人生が始まったのだから。

今年の元旦の朝は、大みそかの夜から降り始めた雪で、真っ白な雪化粧でした。その雪景色を見ながら、何もかも真っ白になって、新しい1年が始まるんだなぁ、と思ったことをよく覚えています。

「自分の思った通りになること」と「上手くいくこと」は違うのかもしれません。自分の思った通りにならなくても、きっと、私の人生は上手くいっているのでしょう。大きな幸せをつかむより、小さな幸せを日々感じる人生でありたいと思います。

可能性にかける

12月23日、5クール12日目。概ねの副作用は治まっていますが、からだのだるさと胸やけがフェードアウトしきらず……。いままでなら、10日目を過ぎると、からだの回復に向かって、自分でも元気が戻ってくる感じがするのですが、今回は、なんとなく気分が優れずにいます。外に出れば、冷気で手足先が痺れ、のども締めつけられます。もちろん、二重の手袋、靴下、ネックウォーマーをつけてですけど。冬はあまり外出もできそうにないのかな。

昨日は、冬至。かぼちゃの煮物を食べて、ゆずのお風呂にゆっくりと入りました。副作用の強い時は、湯につかると体力を消耗してしまうのか、動悸が激しくなります。その結果、吐き気も増して、フラフラになってしまいます。この時期、本当はゆっくり湯につかりたいのですが、副作用が治まるまでは、シャワーでからだを温めています。

がんの治療法に、温熱療法というものがあります。もともと「冷え症」なので、できるだけ、からだを温める生活の工夫はしていこうと思います。ちなみに、からだを温める方法として、足浴や半身浴がお薦めですが、お腹を温めることも効果があります。何もない時は両手を重ねてお腹に当てるだけでいいのです。お腹を温めただけで足の温度は2、3度上がるといわれています。

お腹を温めることをお薦めするもう一つの理由は、腸内細菌叢の改善に役立つことです。冷えは血流との関係で語られることが多いのですが、血液そのものがよくなることがさらに望ましいことは明らかで、腸内細菌叢の改善は、血液浄化につながるからです。私は、家にいる時は、湯たんぽ（職場のTさんからのプレゼントで、白いくまカバーのものでかわいい）をお腹にあてていますし、外出時は、ポケットつきの腹巻にカイロを入れています（笑）。最近は、腹巻も女性用に、かわいいデザインのものが多く売られていますね。

今日は施設でのクリスマス会があり、お手伝いに出かけたかったのですが、昨日から、食欲はあっても何か食べると気持ちが悪くなり、からだもだるくて……。クリスマス会で、利用者様でなく、私が倒れ込むようでは大変なので、控えました。とても残念です。

ビタミンC点滴を始めて、5カ月になり、ビタミンCの血中濃度も安定してきました。この濃度が安定してくると、免疫力も安定してくるそうです。先回、今回も抗がん剤の注射点滴の翌日に、ビタミンC点滴を受けました。その効果かどうかはわかりかねるのですが、舌の痺れと味覚異常がかなり軽くなりました。また、注射をした腕の痛みの範囲があまり広がらず、肘上あたりまでです（3回目までは、肩まで痺れと痛みがありました）。

ビタミンC点滴の効果についても、患者さんそれぞれです。

書籍などにある症例では、がんの縮小や消滅が見られた例もかなりありますが、やはり抗がん剤との併用治療、つまり補完治療という位置づけのようです。私が通うクリニックの先生も、がんへの効果よりも、抗がん剤の副作用を軽減してQOLを高める治療として続けましょうと言われます（クリニックの先生は、私と同世代で、とてもお綺麗で優しく明るい女医さんで、クリニックの理事長でもある方です）。

私としては、比較的、回数を重ねても副作用が悪化しないのは、ビタミンCの効果なのかなと思っています。

公立病院の主治医T先生は、標準治療の立場から、クリニックのS先生は、統合医療の立場から、それぞれに治療を進めてくださっています。患者の私としては、立場の異なる二人の医師からの考え方や方針を示していただいているので、情報や選択肢も増えます。時に、見解が相反して、私自身が「で、どうなんだろう?」と思うこともありますが……。どちらの先生も親身に私のことを考えてくださるので、自分なりに解釈して納得できています。ふたりの主治医がいることは、とても心強いです。

明日はクリスマスイヴですね。みなさん、大切な方と笑顔いっぱいの素敵な聖夜をお迎えくださいね。


昨日は、少し雪が舞ったホワイトクリスマス。

私にとっての「攻める勇気」ってなんだろう……。ふと、そう思いました。その答えは、やはり「がんサバイバー」として、がんと向き合い、自らの意思でがんとともに生きていくこと。正直にいえば、今は、抗がん剤の副作用以外は、がんの痛みも症状もないので、こうして前向きに考えることができているのかとも思います。これからもし、再発転移など状態が悪化した時に、本当に今のように前向きに考えて生きていけるかどうか……。

そう思うからこそ、私は今、自分の生きる目的をしっかりつかんでおきたいと思います。どんな時も、その目的を見失わないように。

来年の目標

休薬期間になりました。毎日、施設へ出かけています。施設では、クリスマスも終わり、一気にお正月を迎える準備です。それぞれのフロアーユニットでは、クリスマス飾りを片付けて、お正月飾りをします。

今回の服薬期間の副作用の合間に、お正月飾りとして、折り紙絵をいくつか作りました。お正月の雰囲気が感じられるでしょうか。祝鶴は、折り紙ながら、しっかりお正月飾りになります。玄関先やリビングにおいても、素敵ですよ。

お正月三が日は、福袋、お正月遊び（かるた、百人一首、福笑いなど）、カラオケ、書初め、お抹茶会など、できるだけ利用者様にお正月を楽しんでいただくための行事やレクが目白押しです。もちろん、おせち料理やお雑煮、お鍋もあります。

また、我が施設では、三が日は、女性職員は着物を着ます（着物は、自前でもいいし、施設にも職員用のお正月着物があります）。着物といっても、ケアをするので、晴れ着のような華やかなものではありませんが、利用者様にお正月気分を感じていただくための気遣いです。まぁ、旅館の仲居さんっぽい感じですけどね（笑）。着物を着ながらの介助ですから、夕方になると着崩れてきますし、介助しにくい場合もあります。安全のためには、無理をせず、男子職員にお任せ～です。
でも、利用者様やご家族様には好評で、「やっぱり、こうして着物姿を見ると、お正月って感じでいいね」とお言葉をいただきます。私も1日は、着物でお手伝いに行くつもりです。

副作用も「慣れ」と「知恵」でかなり楽になってきましたよ。やればできるってことですね。怖気づいていては、先へは進めない。やってみれば、次が見える。当たり前のことですけど、実感しています。
だからこそ、「やってみようよ」と立ち止まっている人の背中を押す人になりたい。そして、幸せのお手伝いをしたい。
私、来年の目標を立てました。
その1：仕事に復帰すること。ただし、フル勤務ではなく、週に3、4日定期的に出勤できるようにすること。
その2：施設での研修を充実させること（新規施設開設のオープニング研修、新人研修の充実）。
その3：アロマとタッチングケアの勉強をして、ケアに活かすこと。

その４：海外旅行へ行くこと。まずは弟とタイへ。弟は、タイがお気に入りで毎年、夏休みと年末にはタイへ行きます。私も一度行ってみたかったので、今年は一緒に行きたいと思っています。

その５：運動を習慣にする。もちろん、副作用の治まり次第ですけど、お散歩のほかにスポーツジムに通おうかなぁ。ジムといっても、ストレッチやヨガみたいに、無理なくできるもの。ジムに通うことで、人と話したりもできて、心のストレッチにもなるかなと思うのです。がん治療中であることを話して、ジムに相談してみよっかな。

番外：素敵なパートナーを見つけること（笑）。

私は、元気に仕事をして、プライベートを楽しんで、当たり前の生活を取り戻す……。

今年も今日で終わります。幸せをいただいたみなさんへ。私からもみなさんへ。

I WISH FOR YOU

心からの励ましや支え、本当にありがとうございました。

ふっと、がんとともに生きることになったことも、私の運命なんだなって思います。

運命とは何なんだろう……。定められたもの？　逃れられないもの？　ならば、その道を生きていくしかない。けれど、運命だからこそ、私だけに与えられたかけがえのないもの。私だけの道。私が私らしく生きるための道。

「運命とは、最もふさわしい場所へと、あなたの魂を運ぶのだ」（シェイクスピア）

がんになってしまったけれど、私にはがんになったからこそ、手にすることができたかけがえのないものがあります。がんになったのなら、がんになったことを活かしていこう。

みなさま、どうぞ健やかにお年をお迎えください。

Ⅲ

頑張りすぎずに、でもあきらめないで

2012年1月から9月までのこと

1月5日、治療初め

皆様、健やかに新年を迎えられ、仕事初めに出向かれたと思います。

今年もよろしくお願いします。

私は、今日から治療初め。6クール目です。今日の点滴は、痺れはあるものの腕の痛みがほとんどなく、エルプラットの点滴時も眠っていたほど！こうして、パソコンも両手で入力できます。今までは、エルプラットの点滴時は、痛くて痛くて動かせないほどでした。看護師さんに聞いたら、「注射をした血管が太くてよかったのかもしれませんね」とのこと。今まで痛みが強いことを看護師さんが、今日の先生に伝えてくださったようです。

注射をする血管の違いでこんなにも痛みがなくなるなら、これって注射する先生次第ってことですね。次回も今日の先生だといいなぁ。

私のお正月は、とても充実していました。

元旦と3日は、着物姿で、施設でのお正月行事のお手伝い。1日は、利用者様に「福袋」をお渡しします。中身は、お座布団やひざ掛けです。また、「お楽しみ抽選会」と称して、くじを引いていただき、当たった商品をお渡しします。

実は、この商品は、あらかじめそれぞれの利用者様が好まれるものやほしいと思っていらしたものなどを、担当職員が購入してきます。そして、くじ抽選会では、「○○さん、5番です！　おめでとうございます！」と場を盛り上げながら、○○さん用の商品袋をお渡しします。帽子やネックウォーマーなどの防寒具や、色塗りのお好きな方には色鉛筆、本が好きな方には本と、それぞれに喜んでいただけるように、選んできます。みなさん、くじ引きを楽しまれていました。

お昼は、おせち料理とお雑煮です。おせち料理は、おひとり様用の一段重のおせち箱に、色とりどりに盛り付けられます。

皆さんが、好まれていたものは、黒豆、数の子、煮しめでした。やはり、みなさん、まめに働いて、子孫繁栄を願い、しっかり生きてこられた人生の大先輩ですね。

利用者様の三が日は、書初め、お正月遊びやカラオケ、お抹茶会などで過ごしていただきます。食事も、おせち料理のほかに、ちらし寿司や海鮮鍋など、豪華版です（笑）。なかには、体重が一気に増える方もあり、利用者様の体重管理も大切なケアとなります。なぜなら、体重が少し増えただけで、歩行や立ち上がり時の下半身への負荷が大きくなり、立てなくなったり、からだのバランスを崩して転倒したりすることもあるからです。

また、認知症により満腹感が得られず、食べすぎてしまい、腹痛や下痢を起こされる方もいます。利用者様に喜んでいただきながら、健康管理をすることは難しいものです。

ご本人は食べたいのに、控えていただかなくてはいけないので、私たちも心苦しいです。こういう時は、声のかけ方への工夫が必要になります。「太ってしまうからやめましょう」「食べ過ぎると、お腹が痛くなりますよ」と言うのは、「脅し文句」になります。ケアでいちばん難しいのは、こういった声掛けです。決して、抑制することなく、ご本人の気持ちを尊重した声掛けをするようにしています。

元旦には、我が家のお雑煮も作りました（母が京都人なので、白みそのお雑煮です）。お雑煮を作りながら、来年もこうして元気で、みんなのお雑煮を作ることができるようにとお祈りしました。

2日は、弟たち家族みんなと一緒に初詣に出かけました。ワイワイ騒いでとても楽しかったです！

4日は施設での仕事初め式に出て、その後、クリニックでビタミン点滴を受けて戻り、処遇会議に参加しました。けっこう慌ただしい（苦笑）。仕事にプラベートに、意気揚々とした年初めで、良い年を迎えられました。

抗がん剤治療6クール7日目

1月11日。7日目の今日、薬が抜け始めた感じになりました。今回は、注射の血管痛がほとんどなかったので、良かったです。今までの腕の血管痛は何だったのかっ！　本当に、注射する医師によって、こんなにも違うなんて。患者の痛みも医師次第？

吐き気がまだ残っているものの、食欲も出てきてちゃんと食べています。

抗がん剤を注射した翌日にビタミンC点滴に行くようにしてから、副作用が治まるのが2日ほど早くなった気がします。ただ、先回から、軽い頭痛（鈍い痛み）が起こるようになり、ちょっと気になります。

さて、今日は近くのスーパーに買い物へ。スーパーで、作業服の男性が、お餅の売り場のあたりで、店員さんに何やら聞いていました。そして、丸いお餅を数袋、かごに入れていました。かごには、あずきの缶詰やお砂糖もいっぱい入っていました。きっと、鏡開きのおぜんざい作りのためでしょうね。

そう、今日は鏡開き。今年1年の一家円満を願いながら、神様に供えた鏡餅をお下がりとしていただく日です。鏡餅の丸い餅は家庭円満の象徴。この鏡開きの日には、飾っておいて硬くなったお餅をかなづちなどでたたき「開き」ますが、鏡餅には歳神様が宿っているので、神様とも縁を切らないように「割る」や「砕く」とはいわず「開く」というそうです。また、鏡餅を食すことを「歯固め」といい、固いものを食べて歯を丈夫にし、歳神様に長寿を願います。

ちなみに、鏡開きにはお餅に刃を入れないという風習があるところがあります。丸いものに刃を入れるのが切腹を連想させるからという説があり、手で割ったり、木槌で割ったりしたほうがいいのです。

私も、お餅には包丁は入れずに、電子レンジで少し軟らかくして、手で千切って、おぜんざいに入れ、お仏壇の両親にお供えしていただきました。

施設でも今日は、鏡開きのおぜんざいを振舞います。あいにく、今日はお手伝いできず、残念です。みなさん、甘ぁ〜いおぜんざいは大好きで、毎年、喜ばれます。来週明けたら、施設にも出向きたいので、もう少し体調を整えておかないと。

にこにこ療法

10日目ですが、体調は、ほとんど回復しています。常温水も普通に飲めるようになり、ほっとしています。ただ、冷えきったものを飲んだり食べたりすると、舌の感覚異常や味覚異常が起こります。寒冷による手足の痺れも、まだ残っていますので、手袋や靴下は二重にして、カイロは手放せません。

さて、人間の体では毎日3千個以上のがん細胞が発生しているそうです。しかし、からだには50億個のがん細胞をやっつけるキラー細胞がいるので、人はがんにならずにすんでいるのです。しかし、何らかの原因でキラー細胞が少なくなったり、元気がなくなると、免疫力が低下して、その隙にがん細胞が増殖しあばれだします。キラー細胞が減るのは、放射線をあびたり、強い抗がん剤を服用したり免疫抑制剤を服用したりした時です。

そして、勢いが弱るのは精神的なショックを受けた時だそうです。そのショックからすぐ立ち直ればいいのですが、長く続くとキラー細胞の活力が落ちてがんが出てくる危険性が高まります。

キラー細胞は、脳下垂体や自律神経中枢から放出されるホルモンや、神経伝達物質を受け取るレセプターを持っていることが最近わかったそうです。たとえば、私たちが笑えば、脳から愉快情報を伝える物質が出てキラー細胞に伝えます。憂鬱になれば憂鬱物質が脳から出て瞬時に全身のキラー細胞に伝わります。ですから、脳からの情報によって、キラー細胞は強くなったり弱くなったりしているのです。

つまり、心の持ちようなのです。このキラー細胞を強くする方法がいろいろと研究されていますが、その一つが笑顔の効果です。いわゆる「にこにこ療法」です。ちなみに、作り笑いでも本当に笑ったのでも、キラー細胞の活性化には、同じ効果があることが最近実証されているそうで。

「辛い時こそ、笑いなさい」

「作り笑いでいいから笑いなさい。笑っていれば、何とかなると思えるようになります」

何かの本を読んだ時に、心に残った言葉です。

私は、毎日を楽しんでいます。職場に行っても、みんなから「本当に元気だね〜」と言われます。私が元気でいるから、みんなもいつもと同じように話しかけてくれます。もし、私が治療の苦しさや辛さばかりを話したり、元気のない姿であればきっと、みんなは私にどう声をかけたらいいのか悩み、辛くなるでしょう。

そして、そんなみんなを見ることは、私にとっては、とても辛いことです。私は、私が元気でいることで、私を支えてくださるみんなが笑顔でいてほしいと思います。それが、私の笑顔につながります。私の元気につながります。

時々、思い出す父の言葉があります。幼い頃……たぶん、小学生の頃だったと思います。しょんぼりしてうつむきながら、父と一緒に歩いていた時に、

「下を向いていても何もいいものは落ちとらんぞ。前を向いて歩かないかん」

と言われました。そんな父の言葉を今でも覚えています。

医師との関係性

T先生は、いつもしっかりと目を見て向き合って話してくださいます。そして、患者が不安に思うようなこと、心配するようなことは決して言わない医師です。常に患者が前向きに考えられるように、言葉を選ばれていると感じます（まぁ、当たり前と言えば

当たり前ですが……）。

私が「もし、先生がいちばんいいと思う治療を続けても、再発して見込みがなくなったら、どうしますか？　セカオピ医の先生は、その時は、あきらめましょうと言われましたけど、先生はどうですか？」と尋ねました。

（ただし、セカオピ医の「あきらめましょう」という言葉の中には、深い意味があると思います。私としては、治療としては手立てがなくなった場合、闇雲に、治療を続けても意味がない。でも、治療をあきらめることと自分らしく生きることをあきらめることは別だと感じました）

T先生の言葉。

「やってみんとわからんからね。やってみる価値があるものはやっていく。抗がん剤治療も、一番手の後には、二番手、三番手がある。実際には、二番手までという感じはあるけど。その時に、とにかくやれることをやっていく。やってみて考えるしかないから」

最後まで、「あきらめる」という言葉は口にされませんでした。私には、それが嬉しかったし、T先生の信念に、誠意を感じました。

患者にとって、主治医は本当に絶大なる存在です。依存するわけではなく、病気と闘うパートナーとして信頼をおいて、二人三脚で歩いていくのですから。

外科医と患者の関係というのは、内科医との関係よりもつながりが強いと感じています。なぜなら、内科医は薬で患者を治療します。でも、外科医は、直接、自分自身が手術をします。内服で治療して治るということは、薬の効用で治ったということです。もちろん、それを処方するのは内科医ですけど、患者にとっては、「この薬」で治ったという感じがすると思います。でも、外科医の手術で治った場合は、「この先生」が治してくれたと思うわけです。

だから、先生は「神様」となります。

私も手術が終わって、T先生の顔を見た時、「この先生が手術して、がんを取ってくれたんだなぁ」「この先生のおかげで、こんなに楽になれたんだなぁ」と思いました。T先生も、「僕が手術した患者さんだから、治ってほしい」と私にも言われました。外来でほかの患者さんにも「僕が手術した患者さんだから、また、元気な顔を見せてほしい」と言われていました。「僕が手術した患者さん」。確かにそうだと思います。それは、外科医の奢りではなく、純粋に、医師として、自分自身が患者を救うことができた喜びや救いたいという願いや祈りだと思います。

そういえば、またT先生の言葉を思い出しました。以前の外来で、私が抗がん剤治療を受けると伝えた時の言葉です。「僕が困っていたのは……心配していたのは、早く治療にのせてあげたかったこと。治療は早いほうがいいから」。もちろん、医師としての責任ということもあるでしょうけれど、先生は先生なりに、私のことを気にかけて心配してくださっていたのでしょう。その気持ちを言葉にしてくださったことが、とても嬉しかったです。

動きたくても、座り込んだまま動けない。美味しいもの、好きなものが美味しく食べられない。たとえ、先生が多くの患者さんを診ていろいろな情報やエビデンスを持っていても、患者の気持ちを察したり寄り添ったりすることはできても、本当の気持ちや辛さはわかりえないもの。

ひとりひとり辛さや痛みは違うもの。対症法も違って当然。申告しなければ、先生も判断してベストな治療が提供できない。だからこそ、しっかり伝えなければいけない。それは患者の義務でもある。先生を名医にするのは患者の役目。患者が先生に隠し事をしたり嘘をついたりしてはいけない。まぁ、そういう関係性にも問題はありますけどね。

今や、私にとっては、T先生（主治医）は人生のパートナー。

緩和ケア

休薬期も今日で終わり。抗がん剤治療を始めてから、五カ月が過ぎ、明日から7クール目。思ったよりも、続けられている（笑）。

さて、「緩和ケア」と聞くと、終末期に、もう治療の術もなく、あとに残された時間を過ごすためだけのケアと思っている方が多いのですが、実は「緩和ケア」というのは、がんの早期治療から始まっているものなのです。

つまり、がんに伴うからだと心の痛みを和らげ、生活上の支障を可能な限り取り除き、日常生活やその人らしさを大切にする考え方から行われる治療が、緩和するケアなのです。緩和ケアを、がんの進行した患者に対するケアと誤解し、「まだ緩和ケアを受ける時期ではない」と思い込んでしまう患者さんや家族は少なくないでしょう。実際に、私もがんになるまでは、緩和ケアとは最期の治療と思っていました。

がん治療には、多くの場合、痛みや吐き気、倦怠感など身体的に辛い副作用がありま す。また、ひどく落ち込んだり、苛立ったり、落ち着かなかったり、眠れないといった精神的な不安を伴うこともあるでしょう。そして、がんそのものの痛みもあります。痛みが強いままではがんの治療もつらく、また生活への影響も大きくなってしまいます。だからこそ、痛みや吐き気、食欲不振、だるさ、気分の落ち込み、孤独感などに対して適切な治療やケアを受けることは、生活を守り、自分らしさを保つことにつながります。

緩和ケアは、最期の治療ではなく、治療の早期の段階から受けることができるものなのです。実際に、早い段階から緩和ケアを受けた患者の生存率は高くなっているそうです。痛みや生活の支障が少しでも緩和されれば、治療に対する意欲もわいてきます。

7クール11日目。ほとんど日常生活に戻っています。

今日は、実家にあった段飾りのお雛様を施設に運び、飾りました。もう、実家に飾ることもないので、利用者のみなさんや職員にお雛様を楽しんでいただけたらと思い、寄贈しました。このお雛様は、母が元気だった頃、いつも母が飾ってくれていました。そして、母は、飾り終えたお雛様を優しい笑顔でずっと見ていました。ふと、お雛様のお顔が母の顔に見えて、涙が流れてしまいました。

抗がん剤新薬情報

抗がん剤の新薬情報がいろいろと出ています。これらの情報から、抗がん剤の選択肢が増えていること、そして、患者の生活の質を高めることに重点がおかれてきていることがわかります。

初めてT先生から、がんの告知を受けた時、「2年頑張れば、新薬が出て治るかもしれない。大腸がんの抗がん剤はここ数年かなり進歩しているから」と言われました。その時は、そんな都合よく新薬が出てくるものかしら、それに、それまで、私のからだと心がもつのかしら、と思ったものですが……。

最近、副作用が軽くなって嬉しいのですけど、その反面、不安もあります。副作用がひどいほど、抗がん剤が効いているということもあるそうです。つまり、副作用が軽くなったということは、抗がん剤が効かなくなった?

今日の外来で、T先生に尋ねてみました。

「副作用が軽くなったのはいいこと。副作用にも慣れてくるし、不安もなくなっていくから」

「慣れる?」

「そう、からだが抗がん剤にも慣れてくるから。最初は、相手が何者かわからず、びっくりしとるけど。それに、慣れてくると、不安もなくなっていくから、楽に感じられると思う」

「ふ〜ん。なるほどです」

「副作用がなくても、治療の効果が出ている患者さんもいる。(私の手をみて) 手の荒れもなくきれいだし。副作用の程度から治療効果を測ることはできない。治療効果がわかるのは、CTなどの画像検査だからね。次回までに、一度、CT撮っておきましょうか?」

「はい。そうしてください」

がんの告知を受けてから、抗がん剤の治療を始めるまで、がんの基礎知識、代替治療、食事療法、がんからの生還者の体験などの本をかなり読みました。読み過ぎて情報過多になり、脳が飽和状態になりました(笑)。何を信じていいかわからなくなり、結論は、がんは千差万別。何が効くかは　わからない。やってみないとわからない。

結局、心に決めたことは「標準治療にすがらない」「代替療法や最先端治療にも期待しすぎない」「5年生存率も余命宣告も信じない」「主治医にお任せしない。自分自身も主治医」「情報に惑わされない。情報取集は自分なりのガイドラインを持つ」「自分で価値があると思うことは、やってみる」「毎日、明るく笑って過ごす」「病気になっても病人にはならない」といったことです。

がん遺伝子検査の結果

12月にクリニックで受けた「がん遺伝子検査（CanTect）」の結果です。この検査は、正常細胞の「がん化」に関与する遺伝子の状態を調べ、画像診断では発見不可能な微細ながんの存在リスクを評価するものです。今回受けたのは、総合検査コースで、以下の項目についてです。

1 Free DNA濃度測定
2 変異解析
3 メチル化解析
4 発現解析
5 がんリスク評価

がんリスク評価：当然のことながら「D」判定ですね。

Free DNA濃度測定：がん細胞においては、その活発な成長の一方で細胞死も起こしています。その死んだがん細胞由来の遺伝子やタンパク質が積極的に血管中に流れ込むため、健常者と比べて、がん患者では、血中に存在するDNAの量（Free DNA）が増加する傾向があります。

私は、標準値25ng/mlを下回り、7.3ng/mlでした。クリニックの先生からは、これは抗がん剤治療やビタミン点滴治療が効いて、がんが抑えられている状態で、良い結果だと言われました。変異解析やメチル化解析は検出されませんでした。

ただし、私の場合、がん遺伝子発現解析によると、もともと大腸、胃、肝臓、卵巣、子宮がんなどのがん遺伝子が発現していて、いわゆる「がんになりやすい体質」ということでした。ですから、今後も再発転移やダブルキャンサー（2つ以上のがんが同時にある）のリスクも高いということでした。

はぁ～、もともとがんになりやすかったのか……。

この検査は、自由診療（保険適用外）で、18万円でした。検査の価値をどう捉えるかは、人それぞれです。私にとっては、かなり高額でしたが、今の状態が画像や血液検査以外の点でわかったこともあり、それなりに満足しています。

明日から抗がん剤治療8クール目

今日は、3カ月毎の定期検査で、造影剤CTとMRIを受けました。検査結果は、明日の外来診療で先生から聞くことになります。検査の日が近づくと、やはり不安になります。こんなに元気なんだから大丈夫！と思う反面、もし再発転移していたら……と思ってしまいます。

もし再発転移してしまったら……。セカンドラインの治療の選択肢はどのくらいあるの？　その副作用は？　今のＱＯＬはどうなる？　そして予後は？　あとどのくらい元気でいられるの？　考えれば考えるほど、良からぬことを考えてしまいます。

とはいえ、もしものために、心の準備はしておかなければと思うのです。この不安と恐れからは、一生逃れられない。元気に振る舞い過ごしていても、「あとどのくらい元気でいられるのかな」と思う日々です。

施設長のご主人もがんでお亡くなりになりました。体調が悪く受診されたそうですが、3つ目の病院でやっと肺にがんが見つかりました。が、すでに手遅れと告知されたそうです（ちなみに、その3つ目の病院というのは、偶然にも、私が治療を受けている公立病院）。それでも、2カ月の余命宣告から、治療をされながら2年間を過ごされました。お仕事にも復帰をされていたそうです。

また、私が病院まで乗ったタクシーの運転手さんは、胃がんで胃を全摘出され、その後も肝臓に転移し、何度も手術をされたそうです。「私のからだは手術傷だらけだよ」と笑っておっしゃいました。抗がん剤治療もいろいろ受け、食事療法やサプリメントを飲みながら、10年。今は、こうしてタクシーの運転手をして社会復帰していると話してくださいました。

再発転移しても、余命宣告されても、生きる術はあるもの。

決してあきらめない。

明日から8クール目。気合を入れて、1週間寝込みます。

寝込み明けからは、3月からの新人研修の準備を始めたいと思っています。職員の人材育成については、試してみたいことがいろいろとあります。その企画を考えると、ワクワクしてきます。仕事への復帰も現実的に考えています。

今年も春が待ち遠しいです。

オキサリプラチンの投与について

15日のCT検査の結果、子宮下にあった影は見えなくなっていました。

8月の検査時では11㎜、3クール後の11月検査では、影は薄くなっているものの9㎜と縮小効果には至らずでしたが、今回の検査では、ほとんど見えなくなり、治療効果は「合格」ということでした。

この検査結果に対して、私の気持ちは複雑です。

確かに、腫瘍と思われている影が見えなくなり、治療が効したといえることは嬉しいことです。今までは検査結果に、腫瘍が小さくなるという期待を持つことができました。ただ、こうしてターゲットとなる腫瘍がなくなったことで、今度からの検査結果は、「現状維持」もしくは「再発転移」ということになります。つまり、検査結果に「再発転移」の不安が大きくなるということなのです。

腫瘍が小さくなる、見えなくなるという結果が、喜ばしいことであると同時に、再発転移という不安が、大きくなるという一喜一憂です。

これが「がんとともに生きる」ってことなんだとあらためて思いました。

8クール5日目ですが、今回はかなり吐き気と倦怠感が強いです。オキサリプラチンの点滴40分後からすでに吐き気が起こりました。今までは、2日目午後あたりから、吐き気が強まりましたが……。点滴後帰宅してから、ほとんど寝込み、今日、ようやく、起き上がることができました。

5クール目あたりから、アバスチンの副作用（?）なのか後頭部の頭痛もあり、頭がボーッとしています。時折、鼻血までには至りませんが、鼻水に少し血液がついていることもあります。また、それほどの痛みはありませんが、口内炎も少しだけ出てきました。蓄積毒性なる副作用も徐々に出てきているようです。

この時期、暖房した部屋の中にいても、手足が痺れるので、カイロは手放せません。もちろん、冷蔵庫の中から、何かを出すときは、手袋をして、さらにタオルで包んで取り出します。ただし、現時点では、服用期間が終わる頃には、寒冷による痺れも概ね治まっています。

私の場合、手足の痺れよりも、味覚障害と咽頭や喉頭が締めつけられる感じで、飲みのものが非常に飲みにくいということが辛い副作用です。常温水も飲みづらく、薬を飲むのもシンドイです。温かいものは大丈夫なので、温かいもので水分補給はできていますが、温かいものを飲むと、やはり、口渇感が起こり、すっきりとした冷えたものが欲しくなります。私にとっては、吐き気で食べられないよりも、飲めないほうが辛いです。今はまだ季節的に寒い時期なのでよいのですが、これから、暖かくなれば、のども乾きやすくなります。水分が飲めない辛さにどこまで耐えられるか……。

8クール7日目ですが、やはり、「胸やけ以上吐き気未満」状態が治まらず……です。また、常温水はかろうじて飲めるようになりましたが、何を食べても「まずい」。口の中がいつも苦い感じで、美味しくないのです。大きな甘いイチゴも、一口目だけほんのり甘いのですが、2口目は何とも言えずまずい。胸やけのような感じもあり、何かすっきりしたいと思い、口にしてみるのですが、味覚が感じられず。

血管痛のこともあり、T先生から、「実はどうしようかと思って……」と、オキサリプラチンの休薬についての話がありました。おそらく、CT検査の結果がよかったこともあると思います。

「半年くらいオキサリプラチンを休薬して、また再開するってこともできるけど。実績として、6〜8回投与後に半年間の休薬をして再開しても、治療の効果としてはあまり悪くならないこともわかっているしね」ということでした。

確かに、血管痛は辛いけれど、2時間耐えていれば……なんとかなる。血管痛はあるものの、手足の痺れは、まだそれほどでもない。寒冷による誘発さえ、対症していれば回復期には元に戻るし……。治療の効果も出てきているので、今、休薬したら、効果が下がるのでは。それに、いったん休薬したら、再開するタイミングってどうなる？

結局、答えは出せないまま、今回は投与してもらいましたが……。次の投薬までに、仕事への復帰も踏まえて考えてみます。

元気とは、気持ちを元に戻すこと

8クール12日目。オキサリプラチンの副作用が、今までは、寒冷による痺れが主だったのですが、今回からは、寒冷に関わらず、常時、手足の指先が痺れた後のように、じーんとした感覚が残っています。お風呂に入っていても、特に左手の指先の感覚が鈍いのです。幸いにも、日常生活で困ることはないのですが、じーんとした感覚が常にあるのは、今までになかったことなので、少し気になります。蓄積毒性からの発現なのでしょうか……。また、頭痛も残っています。週末は、寝込むほどではないにしろ、偏頭痛の前兆のような痛みが終日続きました。

やはり、オキサリプラチンの休薬の時期かな（ただし、頭痛は、オキサリプラチンではなく、アバスチンの副作用と思いますが）。結局、エビデンス通りということかな……。

T先生から、抗がん剤の治療を始めたころに、「オキサリプラチンは、たぶん、ずっと続けることはできない。概ね、6～8回目くらいで、副作用で中止になることが多いから」と言われました。私も例外にあらずってことでしょうか。

こうして、エビデンス通りになると、すでにステージⅣの私は、不安が一気に大きくなります。エビデンスとしてのステージⅣの5年生存は……と考えてしまいます。考えると、やりきれなくなるので、また、気持ちを懸命にリセットします。

今日も、施設でのお誕生日会に出かけました。その後、カンファレンスにも出席し、職員のケア指導にもあたりました。みんなから「本当に元気になったね」と言われます。そうなんですよ～。ワタシ、とっても元気なんです。

でも、副作用が治まり、からだが回復し元気になると、私は思うのです。

「この元気な自分を満喫しよう」

「元気でいられるこの時間を大切にしよう」

「思いっきり元気を楽しもう」

私の「元気」は、「元気」への思いがいっぱい詰まった元気なのです。元気でいられることが、本当に幸せだと思う元気なのです。そして、沈みかける自分の「気」持ちを、「元」に戻していくことなんです。だからこそ、「元気」なんです。


私は年頭に掲げた目標に、今、ひとつひとつ取り組み始めています。

その1：仕事に復帰すること。

　↓完全復帰は無理でも、日数調整して4月から復帰の予定です。

その2：施設での研修を充実させること。

　↓復帰できれば、取り組みます。

その3：アロマとタッチングケアの勉強をして、ケアに活かすこと。

　↓アロマセラピスト養成のスクールに通い始めました。

　　タッチングケアのセミナーに、明日から参加します。

その4：海外旅行へ行くこと。

↓今は未定。

その5：運動を習慣にする

↓週1回、1回30分（トレーニング15分、ウォーキング15分）

トレーナーがマンツーマンでトレーニングしてくれるジムに通い始めました。

ワタシ、やっぱり、元気ですね（苦笑）。

私は「またいつか……」でなく「今」を大切に生きると決めました。先のことを考えるより、今を大切にします。だから、今、やりたいこと、やれることを思いっきりやってみる！　元気な時間を楽しみます！

4月から、職場に復帰します。とはいっても、治療を受けながらの復帰なので、通常の勤務形態ではなく、治療スケジュールを調整しての勤務です。投薬後の1週間はやはり副作用のため、勤務できないので、月に12日くらいの勤務になると思いますが、できる限り、「勤めて」「務めて」「努めて」いきたいと思います。

あの日から1年が経ちました。

未曾有の東日本大震災。一瞬にして多くの尊い命が失われたあの日。そして、多くの方が大切なものを、かけがえのない思い出を、愛する人を失ったあの日。私も、午後2

時46分、黙祷を捧げました。震災の悲しみを抱きながら、明日への決意を新たに抱いて生きておられる被災者の方々。私自身も、明日への決意、そして覚悟を抱いて生きていきたい。

明日から9クール目。エルプラットの蓄積毒性による慢性症状が出始めました。両手の指先が、寒冷にかかわらず、常時、痺れて感覚に違和感があります。エルプラットの休薬について、T先生に相談しようと思います。効果が出てよくなったからの休薬ではなく、からだへのダメージが強くなり、使えなくなったからの休薬……。複雑な気持ちです。

セカンドラインの治療は受けない

今日は、春風がとても冷たい1日でした。青い空の白い雲は、何かに向かって行き急ぐように流れていきます。その雲を見つめて私はつぶやきます。「何だか……今の私みたい」と。

今日からの9クール目の治療は、T先生と相談した結果、厄介者のプラチナ製剤は休薬になりました。点滴時間も、エルプラットの投薬が2時間だったので、カイトリル・デカドロン（制吐薬）の投与30分とアバスチン投与30分の1時間で終わり。

エルプラット時のような血管痛も全くなし！　今のところ、急性症状の寒冷による手足の痺れやのどの違和感や締めつけ感もない。吐き気も全くなーい！　こんなに楽でいいの？　楽すぎますよぉ〜(笑)って感じです。

楽すぎて、服薬期間であることを忘れかけ、いつも服用しているパントシン散（整腸薬）、ビドキサール錠10mg（ビタミン剤）は夕食後服用したものの、ゼローダ錠を服用するのを忘れていました！

だけど、今日、先生と話をし終えて、診察室から出た途端、涙が流れ止まらなくなってしまいました。

「何で涙が流れるの？　これは何の涙なの？」

自分に問いかけても答えが見つからない。ただただ、涙がボロボロと流れます。

化学療法室に行く前に落ち着こうと、コーヒーを買って、外来のソファに座ってみるけれど、涙は溢れるばかり。止まらない。目の前が滲んで見えなくなる。結局、涙を零しながら、化学療法室へ。点滴を受けながら30分くらい泣き続け、少し看護師さんと話をしているうちに、落ち着きました。

今日の外来診察で、T先生に、今後の化学療法についての私の希望を伝えました。

仕事への復帰を前提として、第1はXELOX＋アバスチン療法そのものの中止→第2はゼローダの経口服用のみの治療（エルプラット＋アバスチンの休薬）→そして第3はエルプラットのみの休薬（休薬期間は今まで通り1〜2週間で調整）を相談しました。

そして、今のファーストラインの治療が効かなくなっても、これ以上、副作用の強いセカンドラインの治療は望みません。私は、今のＱＯＬを維持して、自分がやりたいことができる生き方を選びます、と伝えました。

Ｔ先生は、私の目を見つめながら黙ってその言葉を受けとめてくれて、言われました。

「セカンドラインの治療については、調べているとは思うけど？（私が頷くのを待ってから）セカンドラインに使うアービタックスやベクティビックスの分子標的薬はかなりの効果があることがわかっている。この薬は、受けられない人もいる。あなたは、この治療を受けることができる。もったいない気もするけど……。

ただね、この薬と一緒に使うことになるイリノテカン（「IFL」や「FOLFIRI」療法）は、かなり脱毛の副作用があるからね。3回目くらいで、ごっそり抜けてしまう人が多い。どう考えとるのかなぁと思って」

私は答えました。

「今の答えとしては、もうこれ以上の化学療法は受けません」

抗がん剤は、がんの耐性により、必ず、効かなくなる時がきます。だからこそ、セカンドライン、サードラインがレジメンとして標準化されているのです。

つまり、セカンドライン以降の治療を受けないということは、標準治療では、なす術がなくなるということ。もちろん、免疫療法や代替療法の選択はありますけど、Ｔ先生

の立場としては、治療できない患者の最期のケアとして、何ができるかということにな
ります。
「治したい。治療したい。でも、できない」。そんなジレンマに見舞われるのでしょう。
T先生は、小さな呼吸をして、私の目をしっかり見つめて言われました。ひとつひと
つ言葉を選んで話されていることがよくわかります。
「セカンドラインを受けてもらえないことは、医者としては何もすることができなくて、
辛いことだけど……。あなたは、もし、がんの耐性が強くなって治療が続けられなくなっ
たら、その後はどうしていくの？　ひとりで暮らしているんだったよね？　その後の生
活のイメージを、どのように考えているのかを聞いておきたいんだけど」
私は少し間をおいて、笑顔で言いました。
「在宅でできるところまでいって、その後は、ここでの緩和ケアかホスピスを探します」
T先生の経験からすれば、やはり私の再発転移は避けられないのでしょう。そして、
きっと思われたことでしょう。患者本人が、このファーストラインしか望まないのであ
れば、できるだけ細く長くこの治療を続けていくしかない。そして、この患者のために、
できることをできるだけしていこう。
そして、ゆっくりと言われました。
「在宅にしても、ここで治療を受けることもあると思う。栄養のためのポート留置とか、

痛みのコントロールとかね。できることはあるから。まずは、もうエルプラットはやめたほうがいいと思うから、休薬してみようか。副作用も『かなり』楽になるから。再開については、僕の経験上、再開をしたいという患者さんは……正直な話、あまりいない。やっぱり、また、副作用で辛いことになるのはわかっとるから。まぁ、がんの耐性にもよるしね。また、その時に考えましょう」

「私、きっと再開しないと思います」

T先生は「うん。そうだろうね」と優しく私を見守るように見つめてくださいます。けれど、先生が何かに戸惑い躊躇い困っているような気がしました。今後の治療方針をどうしたらいいのかと思われたのか？　私にどんな言葉をかけたらいいのかと思われたのか？

そんなT先生の顔を見つめながら、私は心のなかで呟きます。

先生も困っているよね。こんなわがままな患者でごめんなさい。ひとつひとつ私の言葉を聴いて受けとめてくれてありがとう。でもね、本当に困っているのはこの私なのですよ。私、自分の最期を自分で決めなきゃいけない時が来るかもしれないんですよ。こんなに元気なのに……。私は、そう遠くない未来にやって来るかもしれない自分の最期をどう迎えるか……。それを覚悟して、決意しておかないといけないのです。

そう思ったら、急に涙が出てきました。

確かに、誰にでも最期の時は訪れます。ただ、私は、それがより現実的なのです。あの空を行き急ぐ雲のような、そんな人生が切なかった。

自分に負けない

私の心に吹き荒れた春の嵐は、ようやく過ぎ去りました。温かい心からのメッセージをお送りいただいたみなさま、本当にありがとうございました。

今後、セカンドラインの治療が必要となった時に、それを拒むということがどういうことになるのか、現実が目の前に覆いかぶさり、心の窓から見えていた自分の未来が色あせてしまいました。そして、その現実と向き合う勇気もなければ、逃げる勇気もなく、ただ立ち尽くすだけ。

何度も何度も塗りつぶしても、染み出してくるたとえようのない不安や恐れ。私の治療は、がんを治すためのものでなく、私が生きるためのもの。そして、「がんに負けない」「がんに克つ」という言葉もありますが、私が向き合うのは、がんとともに生きる自分自身であり、「自分に負けない」「自分に克つ」ということを実感しました。

桜の花は、春の訪れの前に、冷え込む（休眠打破：冬の寒さに一定期間さらされること）ことで、目覚め、美しい花を咲かせます。私の心の冷え込みも、私が新たに目覚め、花を咲かせるために必要なものだったと思いたい。

9クール（エルプラット休薬）、9日目になります。エルプラットの副作用（吐き気、寒冷による手足の痺れ、味覚異常、のどの締めつけなど）がないので、普通に食事を摂ることができ、体重減もなしです。ただ、8クール目までと同じように、6日目までは、鈍い頭痛と倦怠感と眠気で、横になることも多かったです。

私は、T先生には、今までに2度、手紙で自分の意思を伝えています。1度目は、抗がん剤治療を受けると決めた時、2度目は、今回のエルプラットの休薬を含めて、今後の治療の希望を伝えた時です。わずかの診療時間では、話し出せなかったり、上手く伝えきれなかったりするからです。

あらかじめ、手紙を書いておいて、診療時に渡して読んでもらってから、話を始めると、精神的にも落ち着いて話ができます。また、手紙を書くことにより、自分が主治医に伝えたい意思や希望もはっきりしてきます。「これを読んでください」と手紙を渡すと、T先生は、2回とも、少しびっくりしたような目をして戸惑ったように（love letterとでも思うのかしら（笑））、「これは……今、読んだほうがいい？　後のほうがいい？」と確認をしてくださいます。そして、私が「はい。今、読んでください」というと、手紙を開いて読んでくださいます。

でも、その手紙がスキャナで読み込まれ、電子カルテに保存してあるのを見た時は、いささかびっくりしましたけど（苦笑）。T先生が電子カルテからCT画像を探している時に、「あん？　あの手紙だ」とちらりと見たのです。これも、患者の意思確認として記録保存しておく必要があったのかしらぁ〜（笑）。

励ましの言葉

友人から時々、私たちはあなたに何をしてあげたらいいの？　どんな言葉をかけてあげたらいいの？と尋ねられることがあります。

私は答えます。

「いつもと同じでいいの。今までと何ら変わらなくっていいの」

私は少なくとも、がんである私の気持ちを「理解してもらいたい、わかってもらいたい」と思うことはありません。

ホントは、励ましも辛い時があります。「頑張って」と言われても、もう、これ以上、どう頑張ったらいいの？と聞き返したくなってしまいます。元気に見えても、笑っていても、心は泣いていることがあるんです。だからこそ、周りの人には、いつもと同じようにいてほしいと願うのです。

他愛のない会話で「あーでもない、こーでもない」と早く切り上げたいのに長話したりして、言いたいことだけ言って「で、結局、どうなのよ？　どうするの？」と振るだけ振ったりして、こっちは指導で叱っているのに「僕にはわかりませんっ！」とわからないことを自負したりして、行き場のない怒りに爆発して「蹴ってやるわ〜！」と机を蹴ったり叩いたりして八つ当たりしたりして、相談したいと言いながら、人のアドバイスには「でもね、でもね」と結局、自分の考えを押し通したりして、アドバイスや指導を聞いているかと思ったら「で、何をやりゃいいんです？」と開き直ったりして、スベッたお笑いで苦笑いして、よくわからないけどなんだか可笑しくて大笑いして、信じがたい噂話に「うそぉ〜マジ？　それってヤバくない？」と否定しながらも興味津々になったりして、好きなアーティストや俳優の話に「やっぱりイケメンがいいわ」と女子会のごとく盛り上がったりして、仕事の話はそっちのけで、プライベートの話には「それ、いいわ〜」と笑顔で意気揚々としたりして、美味しいグルメ話に「あれも食べたい。これも食べたい」のニコニコ顔に「だから、痩せないんだってばっ！」と突っ込んだりして、散々愚痴って、最後は、「まぁ〜しようがないわ〜」とため息ついたりして、よくわからないのに「そうだ。そうよ」とその場限りのわかったふりなどしたりして、なんだかんだと言いながら「まっ、それでいいんじゃない」と勝手に締めくくったりして、「でさ、さっきの話って、結局は何だったの？」「さぁ？　何だったんだろうね？　俺もわからん」と当事者なのに他人事にしたりして、「みんな同じよ〜。誰にでも、こういうことってあるって」と当たり障りのない励ましをしたりして、ＴＶドラマのストーリー展開に「そうじゃない。こーなる。あーなる」とむきになって言い争ったりして、「相談に乗るわ」と言いながら、いつの間にか……こっちが聞き役の自分の自慢話になったりして、しんみりした話になったかなと思いきや、お互いに全く別のこと考えてボーッとしたりして、そんな普通のよくある他愛のない話でいいんです。

私は、そんな会話のなかで、「何も変わらない。いつもと同じ。こうして生きている」と思うのです。ひとりでいれば、否応なくがんのことを考えてしまいます。自分が、がんであることを忘れた普通の時間がほしいのです。

そして時には何も言わずにそばにいてくれるだけでいいんです。一緒にTVやDVDを観て、同じシーンで笑って泣いて叫んでくれたら……。一緒にお買い物に行ったり、一緒に美味しいものを食べてもらえたら……。それだけでいいのです。そこに言葉はいりません。

とはいえ、私もどうしようもない不安や恐れに苛まれることがよくあります。愚痴も言います。泣き言も言います。八つ当たりもします。その時は、黙って聴いてもらえれば、それだけでいいんです。そして、そっと肩を抱いて、背中を摩って、抱きしめてもらえれば、幸せです。

私の弟たちは、一緒にご飯を食べに行っても、治療のことも病気のこともほとんど話題にしません。いつもと変わらず、世間話をして、笑っています。仕事でのお付き合いの食事が多く、ポッコリ出ていたお腹が、健康飲料のお茶を飲み続けたら、へっこんだと、お腹を出して見せて（自分でお腹をへっこませながら）、「どうよ？　これじゃまだいかんか？」と言ったあとに、息を吐き切り、ポッコリお腹が復元！　笑いを誘う。
ただ、食事の時も歩く時も何かをする時は、必ず、私のからだを気遣い、手を差し伸べてくれます。さりげなく、ゆっくり歩いてくれたり、荷物を持ってくれたり。食事の後に「けっこう食べれたな。よかったな」とポツリと言ったり。食べる前に「元気になるために、しっかり食べろよ」とは一度も言われたことはありません。しっかり食べられない私には、食べないと病気が悪くなるというのは「脅し」のようなものです。
そのかわりに、「好きなものを、食べられるだけ食べればいいんだって。おっ！　美味しそうなのは、やっぱりいちばん高いわ。ハハハ。お姉ちゃん、遠慮せんでええわ。今日はコイツのおごりだから。なっ？」（長男）
「おぉ～任せとけ。オレは、小銭は持っとるから。アハハ」（次男）
茶化しているような会話ですが、私には心がなごみます。

私からは、1クールに1回ほど、副作用の状態や先生との話の内容などをメールしています。やはり、何かあった時に、状態がわからなければ、弟たちも困るでしょうから。
抗がん剤の副作用がひどくて、泣き言をメールした時の弟（長男）の返信はこんなでした。

「辛いでしょうが前向きに考えて欲しいです。頑張ってという言葉は使うまいと思っていましたが、それ以外の言葉が思いつきませんね。やはり。やると決めたんですから、やれるところまでやってみましょうね。お姉ちゃんは自分だけのために頑張るのではなく、私や○○（次男）、○○（姪っ子）や、おじさん、おばさんやお姉ちゃんの同僚や知り合いのために頑張るんだと思ってください。

お姉ちゃんは昔から頼られると断れず、頑張って期待に応えてくれました。お姉ちゃんは辛いでしょうが、周りのみんなは、お姉ちゃんに少しでも元気で長生きしてもらいたいのです。勝手言ってごめんね。でも、私の正直な気持ちは、どんな形でもいいのでお姉ちゃんに少しでも長く居てもらいたいんです。兄弟だから」

涙が止まらなかったメールです。私のことをわかっていてくれる「兄弟だから」この「頑張って」でした。

患者と家族

私には一緒に暮らす家族がいません。

ひとりだからこそ、ひとりでも頑張っていこうと前向きに考えることができることもあります。そして、家族がいないからこそ、自分だけのことを考える自由があります。

もし、夫や子ども、両親などの家族がいたら、「自分のためだけでなく、家族のためにも、生きていく。生きていかなければ……」と思うでしょう。そしてまた、「こんな病気になって何もしてあげられない。迷惑ばかりかけてしまっている。こんな私が生きていていいのだろうか」とも思い、無力感に苛まれたりするのではないか、とも思うのです。

逆に、もし、私が家族の立場であったのなら。ただただ、生きていてほしいと願い、何かできることはないかとあらゆる手をつくしたいと思うことでしょう。そしてまた、治療で苦しむ姿に、何もできない無力感を感じることでしょう。

「もうこれ以上、辛い思いはさせたくない。だけど、だけど生きていてほしい。できるのなら、この辛さを乗り越えてほしい」と患者の家族だからこその辛さや苦しみを抱えます。家族自身も、第2の患者であり、支えが必要になります。

私も、長い間、両親の看護介護をしてきました。

同居はしていなかったのですが、できる限りの時間をつくり、在宅療養中は実家に帰り、入院療養中は、病院に行きました。父は、脳梗塞が徐々に進み、嚥下障害から誤嚥性肺炎になり、入院しました。食べることが何よりも好きだった父は、何も食べることができなくなり、点滴につながれたまま、入院してから1カ月半後、亡くなりました。

すでに、発語の機能障害からほとんど話すこともできなくなっていましたが、高熱が続き、苦しそうな顔をみていると、何もできない自分が空しくなりました。それでも、その時その時にできる限りのことをしてきましたが、どれだけのことをしても、もっとほかにできることはないのかと自分を責めたりもしました。

母も肺気腫がターミナル期になり、アルツハイマー認知症から、人格が変わりました。感情を表現することがままならなくなり、暴言や暴力的な行為も見られるようになりました。認知症が進行していくなかで、母は私に言いました。

「自分で自分がわからなくなる。どうなってしまうのか思うと怖い」と。

自分の病気が進行していく……。自分が自分でなくなっていく……。どんなに辛かったことでしょう。どんなに悲しかったことでしょう。

私には、母にかける言葉が見つからなくて、ただ黙っていることしかできませんでした。そんな自分が無性に腹立たしくて、怒りをぶつける矛先もなくて苛立った。そして、悲しかった。

もっと、元気なうちに一緒に買い物に付き合ってあげればよかった。もっと、愚痴話を聞いてあげればよかった。もっと、喧嘩ばかりしないで、優しくしてあげればよかった。言葉にして、「お母さんの子どもに生まれてきてよかった」と伝えたかった。

もっと……もっと……もっと……。後悔ばかりです。何一つ、これでよかったと思えることが見つかりません。

けれど、今思うのです。どんなに尽くしても尽くしきれなかったという思いが残る。それは父を、母を、心から愛していたからこそだと思います。私は、両親をこんなにも愛することができたと、今は、幸せに思うことができるようになりました。

たったひとつだけ今も心残りであることは、母に「お母さんの子どもに生まれてきてよかった」と伝えられなかったこと。母は、私が病室に駆けつけると同時に、息を引き取りました。母は私に、「アンタの足音はすぐわかる」と言って、実家へ帰るといつも窓から手を振って迎えてくれました。最期の時も、私の足音を聞いて安心して、旅立ったのだと思います。

父には、容態が急変し、もう、わずかな時間しか残されていないと医師に告げられた時、私は伝えました。

「私、お父さんの子どもでよかったよ。お父さんが、私のお父さんでよかったよ。お父さん、本当にありがとう。お父さん、私の言うこと、聞こえた？　もし聞こえたなら、いつもように手を握って」

そういうと、それまで意識が朦朧として、目もうつろだった父が、はっきりと私を見つめ、かすかに手を握り返してくれました。そして、父はその言葉を待っていたかのように、その直後、血圧が急低下しました。呼吸が弱くなっていく父に、私は言いました。

「お父さん、もう頑張らなくていいよ。お父さんが私たちのために、これまで頑張ってきてくれたこと、私はわかっているから。もう、いっぱいいっぱい頑張ってくれたから……。もう楽にしていいよ。もう頑張らなくていいよ。私はわかっているから……」

そう言い終えた時、父はゆっくりと、私を見つめていた瞼を閉じました。

あなたがこうして生きていてくれるだけでいい。あなたをこんなにも愛している。私には、あなたはかけがえのない人。

家族であれば言葉にしなくても、わかりあえることなのでしょう。元気であれば、お互いに伝えあわなくてもいいのかもしれません。けれど、病気と向かい合っている患者と家族であるからこそ、声にして、言葉にして、伝えたいことです。私も弟たちに伝えておこう。

「あなたたちふたりは、私の誇り。私は、あなたたちの姉であることを誇りに思うよ。こんなにも、素敵な誇りを持てる私にしてくれてありがとう」と。

桜の季節に心機一転

今週末は桜のお花見日和ですね。

昨年、母と最後の散歩に出かけた時、病院の近くの桜の木の下で、母に言いました。

「きれいな桜だねぇ。ほら、これ」と枝垂れた枝に満開の桜の花を、車いすに座っていた母の顔近くに寄せました。母は、その桜をじっと見つめたまま、少しうつろな瞳で私の顔を見上げ言いました。

「はよ、帰ろう」

認知症がかなり進んでしまっていた母には、桜の美しさもわからなくなってしまったの？　そう、私は心の中で呟きながら、「もう少しだけ、一緒に見ていようよ」と答えました。母は黙ったまま、桜の花を見つめていました。来年もこうして一緒に桜を見ることができるだろうか……。そして、その時、母は桜をきれいだと思ってくれるだろうか。そう思いながら、母とふたりで、桜を見上げていました。

その母の瞳に映った桜を、私は、今もはっきり覚えています。そして少し肌寒い春風に、桜の花びらが散り、とても切なかった……。

明日、父と母の写真を持って、あの桜を見に行こうと思っています。そして、伝えようと思います。

「私は、こうして元気だよ。来年も必ず、この桜を見に来るからね」

さて、今月から職場に復帰しました。

週に3、4日ほどですが、教育研修担当という立場で仕事をします。2日の夜には、新人職員や異動により配属になられた方、3月で退職された方の歓送迎会がありました。

私も心機一転、あらためて幹部の方や上司の方々に挨拶をしました。最後に、私は直属の上司であるY専門員さんのところに行き、挨拶をしました。

「あらためてよろしくお願いします。完治には至らないので、また、ご迷惑をおかけすることもありますが、元気でいられる限りは、一生懸命頑張ります。こうして、戻ることができたのも、いつも温かく励ましていただいたからです」

昨年、突然、がんの告知を受け、掲げていた自分の目標を何一つ成し遂げることができなくなりました。何もかも失ったような気がして……。自分の居場所すらなくしたような絶望感に打ちひしがれて……。心が折れそうになった時に、Y専門員さんは、言ってくださいました。

「あなたの席はずっとこのままだから。いつでも戻ってきていいのよ。あなたの居場所は、ここにちゃんとあるから。私が守っておくから安心して」と。

そう言ってくださった時のことを思い出し、涙ぐんでしまった私をY専門員さんは、優しく抱きしめて、「もう泣かないの。こうして戻ってきたんだから。あなたは必要な人なんだからね」と言ってくださいました。

とても嬉しい言葉でした。こんな私でも必要とされる場があった。そして、その場所に戻ってくることができた……。

だからこそ思います。もう、できないことにくよくよしたり、悶々としたりしない。

立ち止まらない。今、できること　たとえ、それが小さな細やかなことであっても、志を高く持って進み続ける。小さな積み重ねが、やり遂げる道につながるのだから。これからも、一喜一憂しながらも、泣きたい時は思いっきり泣いて。泣き腫らした顔には、お化粧水たっぷりのコットンで、パタパタ、パティング。そして、鏡に向かって笑顔、笑顔、笑顔。

がん患者である方からいただいたメールの言葉。

「がん患者は幸せです。ゆったりその日まで無駄な時間なく、やりたいこと、やり遂げる努力が出来ます」

神様に与えていただいているその日までの時間……。やり遂げ続けます。

抗がん剤治療10クール目

5日より10クール目を迎えています。先クールよりエルプラットが休薬になり、副作用もほとんどなく体調良好です。今のところ、血液検査のCEA値も8.6で変化なし。ただ、投薬後6日目までは、倦怠感がかなりあり、眠気が強いです。慢性化した手先の痺れは、良くも悪くもならず。掌も指先もつるつるテカテカになっていって、手先が使いづらいです。T先生にどのくらいしたら元に戻りますかと聞いたのですが……。

「うーん、経験上、4〜5カ月（6〜8クール）投薬した患者さんで、半年はかかると思うけど。実際には、完全に元のようにまでは戻らないことが多いんだよね。だからこそ、休薬のタイミングとしては、ひどくなる前のまだ大丈夫かなと思うくらいの軽い段階で、僕は休薬を考えるんだけど。患者さんにとっては、まだ大丈夫と思う、治療効果もあるから続けたいっていう患者さんも多いけどね」

T先生は、やはり患者さんのQOLをよく考えてくださっています。

また、手の指の関節のこわばりが出てきています。朝起きた時の関節のこわばりのような感じが、終日続きます。右手の中指の関節は、少し骨が腫れて、曲げると痛みがあります。これもT先生に聞いてみましたが、「副作用で関節が痛むというのは、あまり聞かないけど。もともと関節炎やリューマチになりやすい体質だと、治療が引き金になってしまうこともあるかもしれない。たぶん、整形外科に行っても、原因はわからないかもしれないから、少し様子をみましょう」とのこと。

それにしても、10クール目までなんとか来ました（笑）。

お花見、心の名所

ゼローダの副作用の手足症候による皮膚の荒れがひどくなってきました。手は、まだあまり荒れることはないのですが、足裏に水泡ができて、痛みます。水泡は、最初は白く小さいのですが、徐々に黄色く大きくなり、痛みを伴います。ペンギンのように歩いています（笑）。

満開だった桜は、その花びらが舞い散り、桜色の絨毯が敷きつめられています。9日は、施設でのお花見会。春の日差しが優しく暖かくて、お花見日和。施設内の桜の木の下で、やきそばや串焼き、田楽、おにぎりなどの野外食を利用者の皆さんに楽しんでいただきながら、「さくらさくら」「春の小川」などを歌い、桜を愛でていただきました。日頃は、あまり食欲のない方にも、「桜もきれい。おなかもいっぱい。楽しかったわ」と喜んでいただけました。

日本の四季は、本当に美しいです。季節の趣を、こうして愛でていただきながら、利用者の方々の笑顔に、私も笑顔満開。

先週中、思い出の桜を見に出かけました。思い出の桜は、2カ所あります。

ひとつめは、学生の頃まで住んでいた実家の近く。でも、住んでいた頃の思い出はあまりなく、両親の看護介護のために、実家へ帰ることが多くなってから、この桜並木を通ると、父や母にこの桜を見せてあげたい、一緒に歩きたい、そして、幼かった頃の思い出を話したい、といつも思うようになりました。でも、その願いは叶うことなく……。

今年も、この桜並木は、優しく私を迎えてくれました。両親の写真を胸に抱きながら、青く澄んだ空に揺れるように咲いた桜の下をゆっくりと歩きました。春の陽だまりに包まれながら、空を見上げ、「また来年も、一緒に見ようね」。

ふたつめは、母との最後の散歩道の桜。あの時、母の顔に寄せた枝の桜は、今年も美しく咲いていました。「お帰り」と母の声が聞こえたような気がしました。

桜の名所は、数多くあります。けれど、私の心の名所は、父と母の思い出のこの場所。私の心に咲く桜は、色あせることはありません。

先生との会話

治療をされる先生方、患者にとっての治療は、化学療法や手術だけではないのですよ。先生の言葉ひとつが、治療になる時もあるのですよ。言葉で救われることがあるのですよ。むしろ、そのほうが多いのですよ。まさに、言葉の治療です。

私にとっては、T先生の言葉には、「治療の力」があると感じています。「治療を止めたい」「アバスチン、エルプラット点滴を休薬して経口服用だけにしたい」「エルプラットだけでも休薬したい」とこの3つの相談をした時、先生から、

「今、治療を止めれば、再発転移のリスクが高くなるから、医師の立場からは止めることはできない。無理ですね。経口服薬だけにするというのも、アバスチンの副作用はそれほどでもない。使えるものは使うべきでしょう。エルプラットは、副作用が強いようなので、今回は止めてもいいかと思います。ただし、再開が必要になれば、辛いと思い

ますが、使用すべきでしょう」

と言われたら、どんな感じがしますか？

では次の言葉であったらどうでしょう？

「治療を止めるというよりは、現実的には、エルプラットの副作用が強いので、エルプラットの休薬はしましょう。アバスチンは、それほどの副作用もないので、今止めるよりは、まずは、エルプラットだけを止めてみて、様子をみてもいいんじゃないかな。エルプラットを止めれば、かなり副作用が楽になるから、QOLも上がるしね。だいぶ楽になると思う。再開については、僕の経験上、再開をしたいという患者さんは、正直な話、あまりいない。やっぱり、また、副作用で辛いことになるのはわかっとるから。まぁ、がんの耐性にもよるしね。また、その時に考えましょう」

前者は「～できない。だめです。無理です」という否定的な言葉。「～すべきです。～してください」という指示命令的な言葉で医師の立場から一方的に説得しようと、押し付ける感じがします。

後者はT先生の言葉です。この会話には、患者の気持ちを受けとめてくださっての言葉があります。否定語や指示命令的な言葉はありません。「～してみましょうか」という依頼です。そして、一方的な説得ではなく、患者の立場になり気持ちを受けとめ、患者にとってもベネフィットを伝えて、患者が納得できるように言葉を選んでいます。

T先生は、いつもこのように患者である私の気持ちを受けとめた言葉で話してくださいます。T先生の会話には、2つのアプローチがあるように感じます。

1つめは、患者である私に納得を得る必要がない時、つまり、医師としての意見や見解を伝えるだけでいい場合です。その時は、はっきりと自分の意思を伝えられます。たとえば、標準治療以外の相談などについては、標準治療をガイドラインとするT先生にとっては、主治医としてではなく、個人としての意見を言われます。

「免疫治療については、効果があるという報告は聞いているけど、まだ、エビデンスがはっきりしていない。エビデンスのない治療は、僕としてはできない。それは、僕の医師としての信念だから。ただし、あなたがしたいのならやってみましょう」

「がん遺伝子検査は、僕個人としては、やっても意味がないと思う。判定基準もよくわからないし。もし、この判定でよい結果が出ても、悪い結果が出ても、僕の治療方針は変わらない。治療効果は、CT画像の結果でわかるから、その結果で方針を考える。僕の言うことわかってもらえる？　でも、患者さんにとっては、自分の症状を知りたいという気持ちもあるからね」

というように、自分の意見を「主治医」でなく「僕個人」として伝え、最後には、あなたの意思も尊重しますというメッセージを必ず付け加えるというアプローチ。

2つめは、患者である私に納得を導くため、主治医として患者と協働していく必要がある場合です。この場合は、患者の気持ちを受けとめながら、患者がよいイメージを描けるような会話になります。そして、今回は患者の私の希望が叶わなくとも、次の希望につながるようなベネフィットを伝えてくださいます。

かつて、私が抗がん剤治療を頑なに拒んだ時のこと。

「抗がん剤治療を受けたくない理由を聞かしてほしい。確かに脱毛や皮膚障害は、女性にとっては辛いことだと思う。でも、対症法もそれなりにある。ただ、すべてよくなるわけでもないし、人によって辛さの感じ方は違うからね。やってみないとわからないこともあるから、やってみる価値はあると思う。やってみてだめだったら、減量や休薬をすることもできるし、患者さんが望むなら止めることもできる。抗がん剤治療を受けないとしても、あなたがどうしたいか。どう生きたいか。それをできるようにするのが僕の仕事だから。すぐに答えは出ないと思うからゆっくり考えて」

T先生は一度も「抗がん剤を受けるべきです。受けないと再発のリスクが高くなります。早く治療を始めましょう」といった言葉で話をされることはありませんでした。患者の気持ちを受けとめ、説得でなく納得を導くためのアプローチです。

がんは見えないけれど……

仕事に復帰して、3週間になりますが、仕事モード、加速しています。嘱託職員としての時間給の雇用ですが、自分に甘えることなく、成果を出したいと思っています。仕事に出かけ、以前と変わらない毎日を送っていると、自分が、がんであることを不思議に思います。「あれ？　そうだっけ？」って感じで（笑）。

でも、T先生から言われたことが、いつも通り過ぎます。

「検査で、もし再発が見つかったとしても、その時は、あまり自覚症状もないから、今と同じように元気なんだよね。だから、治療に対しても、その必要性が感じられないかもしれないけど」

やっぱり、ステージⅣでは、根治は望めないのかぁ……。がんが見えないといっても、がんがなくなったわけではありません。がん細胞が１００億個くらいになってやっと見えるのががんです。またまた、T先生の言葉が巡ります。

「あなたの治療は、治すためのものでなく、延命するためのもの。できるだけ長く元気でいられるように」

がんは見えないけれど存在していると考えなければいけないのが、現実。そう思うと、切ないため息と時折、涙。そして、そう思うからこそ、１日１日を精一杯頑張っています。自分だからこそできること、自分だからこそ伝えられること。毎日、ひとつひとつやり終えるように努力しています。

私は思います。言葉で伝えるのは、それほど難しいことではありません。けれど、それを自分自身がやり遂げ、自分の生きる姿勢として、まっとうするのはとても難しいことです。まさに「言うが易し」です。自分自身を信じ、自分の生きる姿で、自分の存在を残したい。

抗がん剤治療11クール目

11クール目を迎えました。桜の季節も過ぎゆき、新緑の季節になりました。木々の緑がそよぐ風に揺れながら、太陽の光を浴びて輝いています。窓の外に映る景色は、心が雨ならば、どんな景色も雨模様。心が晴れならば、どんな景色も晴れ模様です。目を閉じて、心の窓を大きく開きます。心の中に、芽吹く命の力が吹き込んでくるような気がします。

「私、生きている。元気で生きている」

ちょうど、1年前の今頃、4月頃から気になりだしていたお腹の腫れが大きくなり、胃が圧迫されて胃痛を感じるようになりました。あれから1年。今は、がんとともに生きる人生の道を歩き続けています。

「病は恵みの時」という言葉があります。

こうして、がんとともに生きていくことで、「ただ生きる」ことがどれほど尊いことかを教わりました。これからも、「上手に生きていけばいい」と思っています。

11クール目の外来診療で、足の裏に水泡が出来て痛むことをT先生に伝えると、「これは、ゼローダの副作用だから、対症療法するしかないね。薬を休薬するか減量すれば、治まるけど。治療は、このまま続けたほうがいいんだけどなぁ。もし、ひどくなったら、自分で様子をみながら、ゼローダを休薬してもいいよ」と。

えっ？　自分で休薬してもいい？　T先生のその言葉に、ちょっと驚きました。

「歩くのも辛いほど痛くなるようだったら、様子をみて、休薬も考えてみようか」

できるだけ、休薬することなく、この治療は続けられるように、対処法を工夫していこう。そう思い、まだ、日常的に支障が大きいわけでもないので、塗り薬の処方をお願いしました。

人生は「撮れなかった写真」

ゴールデンウィークも終わりました。ゴールデンウィーク中には、交通事故や山での遭難、そして、竜巻……。お悔みとお見舞いを申し上げます。

ある俳優さんが「人生は、美しいアルバムではなく、撮れなかった写真だ」と言っていました。とても、印象的な言葉でした。

父や母の遺影のための写真を探した時、弟たちが両親と一緒に映っている写真はあるのに、私と一緒に映った写真はほとんどありませんでした。「もっと、一緒に写真を撮っておけばよかったなぁ」と思いました。けれど、思い出す父や母の顔は、アルバムに収められた写真の顔ではなく、私の心の映した顔です。まさに、撮れなかった、撮らなかった心の写真です。アルバムに収める写真はないけれど、私の心に残る両親の生きた姿があります。だからこそ、すぐそばに父や母がいるかのように感じます。

ふっと、母がまだ元気でいた頃のメールを開いてみました。やり取りを始めた頃のある日のメール……。

「裕子がパソコンを持って来てくれて、使えるようにしてくれて、教えてもらって、はや2か月……。私の楽しみができて)^o^(です。パソコンでメール送ったり、裕子からメールもらうと、その日の事や出来事をメールで、くれるから、裕子と話、しているみたいで、ほんと、とってもたのしい(^o^)

裕子が私の側にいるみたい。今日は何から話そうか……なんて思って裕子からメールきてるかなあ……とパソコンに向かうとき、まさに裕子が来るのを待ってる時の気持ちといっしょ。

私もコスモスの花は好きな花の1つです。華やかさや、はでさは無いけれど、何かそそとした感じでいいですね。スズランの花も好き……小さくて可愛いい。どちらかというとバラとかゆり、ひまわり等大きな花より小花のほうが好き。来年、裕子の家の庭にコスモスの花がいっぱい咲くの楽しみに、しています。

私がメール待っているからと、言ってもしょっ中でなくていいですよ。たまにで……ね　おやすみ(-_-;)」

母がパソコンに向かって、一生懸命、キーを打っている姿を思い出します。

13日の日曜日は、母の日です。昨年の母の日、母は、GW明けに急変し、意識レベルが下がり、ほとんど眠った状態が続いていました。両手足に点滴がつながれ、酸素マスクをして……。私は、母の日に、早く、元気になるようにと、黄色いお花のフリザードフラワーを持っていきました（病院には、生花の持ち込みは禁止されていましたので）。

私は、昨年の5月の上旬に、婦人科クリニックで卵巣腫瘍の診断を受けました。そして悪性腫瘍の可能性が高いので、すぐに大きな病院へ行って検査を受けたほうがいいと、言われていました。

ベッドに横たわる意識のない母の手を握り、私は言いました。

「ねぇ、私、あまりよくない病気みたい。でもね、ママ、ひとりで乗り越えられないことも、ママとふたりだったら、乗り越えられる。ママ、一緒に元気になろうね。ふたりで一緒に頑張って元気になろうね」

ふたりで一緒に頑張っていきたかった……。

私の心の中には、父や母がいつも一緒にいる。そして、いつも支えてくれています。

だから、今年も、母の日には、お花を買い、母に捧げます。そして、私は、父や母が生きたいと願った明日を、懸命に生きていこうと思います。

母の日

今日は、母の日。日頃の母の苦労を労り、母への感謝を表す日。私も母に、カーネーションを供えました。

今朝、母が亡くなって、初めて母の夢を見ました。「あ、母の夢を見てる」と微睡みながら、時計を見ると5時半でした。まだ、起きるには早いなぁ……と思いながら、ウトウト眠ってしまいました。母は、いつもよりもきれいにお化粧をしていました。そして、何か私に語りかけていました。母は、何を語りかけたのか……。

5時半に微睡んだ時は、何となく覚えていたのに、目覚めた時は、思い出せませんでした。けれど、どことなく険しい顔をしていたことは、覚えています。母は、私に何を伝えたかったのか……。

今日は、2つのお買い物に出かけました。

ひとつ目は、職場の職員さんの結婚式に着るドレスに羽織るショール。フワフワしたお花のモチーフの素敵なショールを見つけ、ひとめ惚れして買いました。

ふたつ目は、昨年、入院した時に、職場の方から、お見舞いをいただいたのですが、退院後も、抗がん剤治療を受けることになり、職場への復帰の見通しもつかず。ずっと気にかけていたのですが、快気ともいえず、お返しをするタイミングをなくしてしまっていました。

昨年5月、施設でも最も大切な行事である開設記念祭に、私は、腫瘍の痛みで参加できず、情けなくて、悲しくて、ベッドの中で、泣いて1日を過ごしました。でも、今年は、こうして仕事にも復帰し、今月19日に行われる記念祭に出ることができます。そこで、大切な記念祭に元気に参加できるようになった今だからこそ、お返しをしたいと思いました。

いただいた方々のことを思いながら、あれにしようかこれにしようかとひとつひとつ選びました。本来、「快気祝い」には、また病気にならないように、残らないものをお返しするそうです。でも、私は、職場のみなさんからいただいた励ましや温かい心を忘れたくない。これからも、頑張っていく私を見ていてほしい。そう思い、残らないものでなく、身近に置いて使っていただけるものを選びました。今年の記念祭で、私が無事に務めることができたら、お渡ししようと思います。

今日は、素敵なお買い物ができて、五月晴れの空に心はずむ1日でした。

金環日食

今朝の金環日食、みなさんの地域では見ることができましたでしょうか。私は、7時30分頃から、神秘的なリング状の太陽の光を見ることができました。三日月から徐々に形を変えて、リング状になった時、黄金の指輪が天空に輝く……。かつて左手薬指にしていた結婚指輪を思い出しました。

ひとつの環になる、ひとつにつながる、絆……。そして、この素敵な瞬間をともに過ごす人がいたらと思いました。その瞬間、マンションの玄関先の階段口のあたりで見ていた私の横を、お隣のイケメン高校生が通り過ぎ、手をかざして太陽を見上げました。私は、咄嗟に、彼に「これ使って」と私のグラスを渡しました。

彼は、ペコンと頭を下げて、そのグラスをかけて太陽を見上げ「おっ！　すごいっ！」と数秒見ていました。そして、「ありがとうございました」とにっこり笑って、私にグラスを返してくれました。

私は、この金環日食を、偶然にも、その瞬間をともにできた人がいてくれたことを、とても幸せに思うのでした。そして、「こちらこそ、ありがとう」と、イケメン君につぶやく私でした。

さて、12クール目を迎えました。

慢性化した手の痺れは、相変わらずで、掌は、つるつる、テカテカ、ヒリヒリです。そのため、手に力が入らず、いろいろと不自由さが出てきました。そして、足裏は、水泡が出来ては潰れるの繰り返し。T先生にそう伝えると……。

「ゼローダの副作用だからね。減量すれば良くなるけど、減量するとかなり量が減ってしまうから、それも淋しいし。休薬期間を2週間にするってこともできるけど。うーん……。次の薬の話は、今までのこともあるから（私が受けたくないと言ってきたこと）言い出しにくいし。もし、今回、ひどい状態になったら、止めていいから。今後、どうするかは、29日のCT検査の結果で考えましょう」とのこと。

ひどい状態って？　なかなか自分の判断で休薬するのは難しいです。セカンドラインの治療を拒んでいる私にとっては、今の治療をできるだけ長く続けたい。少しでも長く再発転移せずに、元気でいたい。だから、休薬するということは、再発転移のリスクが大きくなるだけに、踏み切れない。多少の日常生活の支障は、なんとか乗り越えたい。

検査の日が近づくと、不安になります。自覚症状は何もなくても、もし再発していたら……と気持ちが沈みます。

私は元気です。けれど……、仕事で疲れていても、元気に振舞っている自分がいます。周りの人に心配をかけたくないと思い、だるいからだを引きずっている時もあります。

T先生の前でも、にこにこ笑顔。決して、病気を悲観することなく、自分らしく明るく生きる患者を演じている時もあります。

セカンドライン治療を拒んでいても、治療を諦めたわけではありません。自分の生き方を大切に生きたい。そのための治療を選びたい。そして、T先生を信じているからこそ、明るい自分でいたい。

けれど、唯一、私が、がん患者であることを思い知らされる時があります。それは、抗がん剤治療のため化学療法室に入る時。化学療法室のドアを開くと、リラクゼーションCDが静かに流れ、壁にある花や風景、動物などの心癒される写真が私を迎え入れます。そして、さりげなく並べられた抗がん剤治療のパンフレットや、がん患者向けの書籍が、否応なく、私の瞳に映ります。

私は、がんなんだ……。小さく呼吸をすると、冷たい空気がからだの中に流れ、心が冷えます。そして、足が重くなります。からだが固くなります。溜息交じりに、案内されたリクライニングソファに座ると、看護師さんが言います。

「少し元気がないようですけど、どうかされましたか?」

「いいえ。あまり明るく笑ってここへ入るのもどうかと思って」とおどけます。

点滴をする先生が言います。

「疲れているように見えますが、大丈夫ですか?」

「いいえ。いつも、注射が1回で上手く刺さらず、2回3回と失敗されるので、心配なだけです」と少し先生を茶化して、笑って答えます。

私は、心のどこかで少し無理をしているのかな。元気で明るい自分を装っているのか、演じているのか……。正直、わからない。

アロマの先生から素敵な言葉をいただきました。

「感謝の種を撒いて、感謝の花をいっぱい咲かせましょう」

私は、感謝の種を撒いて、感謝の花を咲かせて、笑顔の実をいっぱい実らせたい。そのために、私は、明日も元気で明るく生きていきます。

一途一心

5月29日、今日は、CT検査でした。どうも、検査が近づくと、あれこれと良からぬことも考えてしまい、気持ちが不安定になるようです。結果は、次回の抗がん剤治療の外来受診時になるので、それまでは、なんとなく気がかりが続きそうですけど、気持ちを切り替えていかなきゃ。

27日の日曜日には、かつて一緒に学んだ「心友」仲間4人、Yさん、Mさん、Tちゃん、YちゃんとYちゃんの愛娘Tちゃん（4歳）とお伊勢さん参りに行きました。

昨年12月に初めて伊勢神宮に参拝に行きました。その時は、参拝客も少なく、初冬の静けさのなか、粛々と参拝したのを覚えています。

今回は、初夏の日差しのなか、参拝客も多く、観光地のような感じでした。参道の緑は生き生きと輝き、生命力に満ちていました。私は、12月に参拝してから、少しずつ、副作用も軽減し、2月には腫瘍も見えなくなりました。今は、こうして職場にも復帰できるようになりました。本当に感謝です。

12月の参拝時には、病を除けるために厄除けのお守りを買いましたが、今回は、開運のお守りを買いました。新しい人生を元気に切り開くために。


「一途一心《いちずいっしん》」という言葉があります。

一途一心とは「ひたらすら、ひたむき」ということで、あらゆる道、あらゆる事を成し遂げる上で、欠かすことのできないことだと思います。この言葉は、天皇陛下の心臓バイパス手術の執刀医として、東大の医療チームに、その卓越した技術と実績が認められ呼ばれた心臓外科医・天野篤氏がいつも胸に刻んでいる言葉。

なんとなく起きて、なんとなく食事をし、なんとなく仕事をして、ぼんやりと一日が終わる……。なんとなく生きる……。そこには生きている証はあるのでしょうか。ぼんやりとではなく、鮮烈に人生を生き抜くには、この瞬間を必死に生きること。私は、自分に与えられた目の前のやるべきことに、「一途一心」に取り組んでいこうと思います。

薬箱の中に、12クール目の薬もあとわずかになりました。なんだかちょっと嬉しいです。

抗がん剤治療13クール目休薬

今日は、13クール目の外来診察。先日の検査結果は、変化なし。CT画像上も腫瘍は見えず、マーカー値も8.7と横ばい状態。ただし、画像上、腹水が少しだけ見られるけど、女性の場合は、健康な人でも見られるから、特に心配はないと。

けれど、今回、初めての抗がん剤治療の休薬となりました。理由は、ゼローダの副作用である手足症候群の悪化のため。特に、掌が赤く腫れ、指関節あたりの荒れがひどくなり、指を曲げるとかなり痛みます。

ペットボトルの蓋をあけたり、包丁を握ったり、おしぼりなどを絞ったりすると痛くて、力が入りません。車のハンドルもかろうじて手を添えている感じです。

T先生から、今回は休薬して、様子をみたほうがいいね、と。

「今回このまま、治療すると、かなりひどくなると思う。処方した軟膏も、それほどは効かないと思う。けど、休薬すれば、かなり良くなる。色素沈着や手のツルツル感はあまり治らないけど、ヒリヒリする痛みや荒れは良くなるから、今回は2週間、休薬して様子をみましょう。とにかく、保湿！　保湿！　こまめに保湿してね」

なんとなく、溜息がちに、仕方ないかと思いました。検査の結果も、悪くなかったことだし。

T先生は、本当に、患者である私が納得いくまで、丁寧に説明してくださいます。先回の外来の待合室で、T先生の診察室から出てこられた患者さんのご家族が話しておられました。

「T先生の説明は、内科の先生とは違って、理路整然としてわかりやすかったわね。内科の先生の説明は良くわからなかったけど、今日の説明で、今の状態も今後のこともよくわかったし。T先生は、いいことも悪いこともちゃんと話してくれたね。正直な先生だわ。私たちが、聞きたいことを、丁寧に話してくれるし。無理押ししないし。安心して話せるわね」

今日、T先生と話したこと。

「もし、このまま副作用が良くならなかったら?」という私からの質問に対して。

「違う薬を使うことに対しては、今までのこともあるから、どう切り出そうかと思う。現在の大腸がんの抗がん剤治療は、このXELOXとIRISの2本立て。どちらを先に行うか、また、この治療で使う薬をどう組み合わせるかは、いろいろあるけど……。

どっちにしても、最初の治療の効果は、80%くらいあると言われているのに対して、次の2次治療の効果は、30~40%。2次治療で効果があれば、良かったということになるけど、裏を返せば、60～70%には、効果がみられないということ。さらに、次の（3次治療）は、どの薬を使っても効果があまり期待できないのが現状。それでも受けたいという患者さんもいるし、それなら受けないという患者さんもいる」

「もう、それは気休めってこと？」

「うん……。僕たちとしても、頭が痛いところ。治療を受けないことに対して、患者さん本人や家族さんや周りの人が納得しているなら、僕は、それもいいと思う。ただ、医者としては、可能性のある最善の治療があるのに、治療をしてあげられないのは、心苦しいけどね。ん……でも、それまでの過程にしてあげることはいろいろあるしね」

「今、治療を止めたらどうなりますか？」

「僕の経験上、（腫瘍が）出てくると思う。あくまでも、経験上だけどね。だから、3カ月ごとの検査も、悪いことになっていたら、どう話そうかと思いながら、検査を受けてもらっている。ゼローダは、長く続けられる薬だから、続けてほしいし」

「どのくらい続けられるもの？」

「多くの患者さんに、この薬を使ってもらっているけど、2～3年と続けている人もいるし。あなたは、まだ、1年にもなっていないよね。検査の結果も横ばいで、悪くなっていないから、抗がん剤の効果があると思う。休薬を調整しながらの治療でも、効果はそれほど悪くならないという臨床の結果もあるから。休薬しながら、副作用の様子をみて、続けましょう。いいですか?」

「はい」

私は、T先生と話していると穏やかな気持ちになります。やっぱり、T先生でよかった。T先生となら、がんと向き合って生きていける、と思えるのです。T先生に出逢えて幸せです。ちなみに、4月からT先生は医長さんになられました。

母の一周忌

今日は、母の一周忌。そして父の3回忌。1年前の今日の今頃、私は、白装束を身にまとい、眠るように横たわっている母の顔を見つめていました。

「ママ、やっと帰ってこられたね。今日は、一緒に寝ようね」

この日の午前中、私は注腸検査の結果、大腸に悪性が疑われる腫瘍が見つかりました。そして、週明けに入院することになりました。検査で疲れ切り、横になっていた私に、病院から電話がありました。

「お母様の容態が良くありません。すぐにいらしてください」

腹部の痛みとからだのだるさを感じながらも、すぐに病院へ向かいました。そして、病室に入る瞬間、看護師さんが大きな声で母に言いました。

「夫佐子さん、娘さんが来ましたよ! 娘さんですよ! 夫佐子さん!」

病室に入り、母を見ると、すでに息づくことなく顔は白くなっていました。

「なんで、なんで……待っていてくれないのっ！　いつも自分勝手ばっかりじゃない。なんで、勝手に逝っちゃうのよ」

悲しみよりも怒りが込みあげてきて、私は、母のからだを力いっぱいに大きく揺さぶり叫びました。

「もうっ！　なんで勝手なの！　なんで、自分ひとりで逝っちゃうの！　もうっ！　起きて！　起きて！　なんで起きないのっ！　私は、まだ話したいことといっぱいあるのに」

何度も何度も叫び、何度も何度も母のからだを揺さぶりました。どこにもぶつけることができない怒りで、私のからだは震え、息をすることさえ苦しくなっていました。

どのくらい時間が経ったでしょうか……。ふと、握りしめていた母の手が冷たくなっていることに気づきました。さっきまで、あんなに温かったのに……。もう、目を覚ましてくれない。もう、話しかけてくれない。もう、笑顔で私を見つめてくれない。そして私は、からだじゅうの力が失われるような悲しみに沈みこんでいきました。

ぼろぼろと溢れていた大粒の涙は、静かに流れ落ちる滴のようになりました。窓を見上げると、沈みかける夕日が、優しく私を包んでくれました。幼い頃、泣きじゃくる私を母が抱きしめてくれたように……。

母はいつも言っていました。

「あなたに何かあったら、私の命に代えてもらうよう、神様にお願いしているから、何も心配しなくていい。それだけは、毎日、(亡くなった)おじいさんやおばちゃんにもお願いしているから」

母は、その言葉通りに、自分の命に代えて、がんになった私を救ってくれました。

今日、母と父の墓前に語りかけました。

「私は、こんなに元気になったよ。主治医の先生も、とってもいい先生だから。これからも、元気に生きていくからね。見守っていてね」

ゼローダの休薬に入って4日目ですが(通常の休薬1週間+4日目)、掌が赤く腫れてヒリヒリしていたのが、ずいぶん治まりました。掌の色が、以前のような肌色に近くなっています。T先生の言われた通り、休薬したら、本当によくなりました。

じっとその掌を見つめていたら、なんだか嬉しくて嬉しくて。私には、まだまだ治る力があるんだ……。私は、いつまでもいつまでも、自分の掌を見つめながら、泣いていました。温かい涙、嬉しい涙、感謝の涙でした。

そして、思いました。これからも、私が自分らしく元気に生きていくことが父や母への何よりの供養であると。

ゼローダ再開

2週間のプレゼント休薬期間も終わりました。手足の赤い腫れはかなり良く、ヒリヒリ感やテカテカ感も治まりました。この2週間、からだのだるさも軽くなり、体調もやはり良かったです。

EXILE TRIBE LIVE TOUR 2012（なんと4時間30分ライブ！）にも、2回行きましたよ〜。どちらもアリーナ席で、4時間30分のアンコールの最後まで、立ちっぱなしで、フラッグを振り、歌い踊り続けて、最高でした！ EXILEライブパワーは、何よりの処方薬。免疫力増強！

そして、16日は職員さんの結婚式にお招きいただきました。とても、しあわせな時間をともに過ごさせていただき、おふたりの穏やかな優しい笑顔に魅せられてしまいました。私まで、しあわせだな〜と、心が温かくなりほんわかしてしまいました。そばに愛する人がいるって、本当に幸せなことです。

私にとって「愛する」とは、大切にしたいその人の幸せを願うこと。そして、その人の幸せのために尽くしていくこと。大切にしたい、大切にしてくれるその人と人生をともにする。いつもお互いを見つめ合い、幸せに向かって同じ道を見つめて歩んでいく。どんな時も手を取り合ってしっかり大地を踏みしめて歩まれることをお祈りします。

Gさん＆Aさん、お幸せに！ 私も、そろそろ婚活しようかなぁ。

さて、今日から13クール再開です。久しぶりのゼローダ薬、何となく懐かしい（笑）です。T先生からは、「これからもひどくなったら、こうして休薬で調整していけばいいからね。今回も、無理して続けなくても、いかんと思ったら、自分でやめていいし。ひどくなってからでは、治りも遅くなるから、長く休薬しないといけなくなるし、治療は続けたいから、上手くやっていきましょう」と言われています。

今回の休薬でかなり良くなったので、しばらく様子をみることにしました。

それよりも、右手中指の関節痛と同じく右手首の関節の痛みのため、かなり右手の動きに制限があります。からだ全体にもこわばりがあるので、先週、整形外科を受診しましたが、リュウマチの疑いあり？で検査を受けました。明日、結果を聞きに行こうと思いますが、とっても不安です。ふぅ〜、ちょっとため息交じり。

でも！　どんなことがあっても、前を向いていきます。まだまだ、やりたいこと、いっぱいありますから。

「今」を精一杯生きる

6月30日、最近、仕事も忙しくなり、また、指の関節の痛みもあり、ブログの更新がなかなかできませんが、毎日、元気に過ごしています。

リュウマチの検査結果は、問題なし！でした。良かった。良かった。良かったぁ〜！

2週間の休薬後、ゼローダを再開しましたが、掌の腫れやヒリヒリ感もなく、足裏の水泡も治まっています。2週間の休薬って、からだへのダメージを回復するためには、大切な時間だったんだなと思います。からだのこわばりも関節の痛みも、休薬前よりも楽になっています。やはり、抗がん剤の副作用？

がん患者さんのブログでも、同じように関節の痛みを抱えている方もいらっしゃるようです。からだへのダメージは、人それぞれに、いろいろな症状として出てくるものなのかもしれませんね。何より、日常生活に支障を感じたら、休薬の調整とセルフケアを怠らないことです。我慢しすぎないこと、大切です。

さて、明日はEXILE TRIBE LIVE TOURのビューイングinシアターに出かけます。4時間30分楽しみます！　このライブのテーマは「願い」。私の願いは、ただひとつ、少しでも元気で笑顔でいられますように……。祈りのような願い……。

それだけ願っても、すぐにはどうにもならないこと、どうすることもできないこと、時が経たないと解決できないことも現実にはあります。人生において、どうしようもないことにぶちあたった時、その思いをどこにもぶつけることができない時があります。

ちょうど1年前のこの頃、私は、病院の窓から夏を感じる青い空を見つめていました。検査が続く毎日……。腸閉塞になるリスクが高いため、経口摂取はできず、中心静脈栄養（大静脈（胸か首か鼠径《そけい》）にカテーテル（管）を入れて高カロリー輸液で栄養補給する術式）のため、24時間点滴台につながれていました。

どうしてこんなことになってしまったの？　どうして私ががんなの？

どこにも行く宛のない悲しみに押しつぶされそうな自分を、どうしたらいいのかさえもわからない。青い空さえも、くすんで見える……。高い空さえも、空しく感じる……。

今までにも、辛いこと、悲しいこと、苦しいこと、いっぱいありました。確かに、真面目一筋に生きてきたわけではないけれど、でもその都度、自分なりに一生懸命に乗り越えてきたのに……。神様は、まだ許してくれないの？　どうすることもできない現実に、何もかも失ったような気がしていました。

そして、今……。くすぶり続けるやり場のない思いを持ちながらも、「今」を精一杯生きています。どんな時も、今を乗り越えること。それが、明日からの未来につながるかもしれない。そう信じています。たとえ、やるせない思いを持っていても、希望を込めて、一瞬一瞬を乗り越えていこうと思います。

自分の心を大切に

２０１１年7月12日、原発巣の結腸がんと転移した両側の卵巣の摘出手術を受けました。ガイドラインに従い、リンパ節も切除（後の病理検査結果でも、やはり１／４個でがんが見つかりました）。10時から15時まで5時間のオペでした。

去年の今頃の時間、私は、手術を終えて、からだじゅうに、カテーテルやチューブをつながれていました。鼻から胃までにガス抜きのためのチューブが通され、口には呼吸器、右手には点滴、左手には血圧測定器とサチュレーション測定器をつけ、両足は、血栓予防のためのマッサージ器を履いて。膀胱には排尿のためのカテーテル挿入、さらには、左鼠経部あたりから腸にカテーテル挿入。

術部である腹部の痛みで、もちろんからだを動かすこともできないのですが、つながれたまま、身動きできない苦痛も重なり、ぼんやりした意識のなかで、ひたすら夜が明けるのを待ちました。

「こんなの、いつまで続くんだろう……」

一晩中、術後管理のために、看護師さんが何度も病室に来られ、点滴や痛み止めの調整をしてくださいました。

「朝になったら、胃の中のガスの状態も問題ないので、鼻のチューブはとれますよ。先生の回診後は、呼吸器と足のマッサージ器はとれると思いますよ。順番につながっているものはとれていきますからね。安心してください」

その一言で、とても安心した記憶があります。

あれから1年。今日は、抗がん剤治療14クール目。軽度から中度のゼローダによる手足症候群の副作用はあるものの、毎日、「普通に」暮らしています。オキサリプラチンの副作用の痺れは、休薬して5カ月になりますが、手先足先にまだ軽度程度に残っています（微妙に軽くなった？　それとも、自分がこの感覚に慣れてしまった？）。

誰が見ても「転移性進行がん患者：ステージⅣ」には見えない、思えないくらいに元気です。EXILEのライブ、「心友」との旅行、職場のみんなとの食事会にも行き、仕事にも頑張っています。

ステージⅣという診断結果ですから、治癒を祈ってはいますが、過度な期待はしていません。でも、治癒しなくても、こうして治療を続けていることで、再発のリスクを抑制して、普通に暮らしていけるのならば「それもいいじゃない」と思うようになりました。

今の私の治療の目的は、がんを治癒することでなく、こうして部分寛解の状態から完全寛解へとつなげていくこと。ちなみに、寛解とは、病気の症状が、一時的あるいは継続的に軽減した状態。または見かけ上消滅した状態。がんや白血病など、再発の危険性のある難治の病気治療で使われる語。例えば、がんが縮小して症状が改善された状態を部分寛解、がんの症状がなくなり検査の数値も正常を示す状態を完全寛解といいます。がんの場合は、治療後、5年経っても再発や転移を起こさない状態を言います。

寛解に向けて、大切なことは、やはり、自分の免疫力を高めること。抗がん剤の正常細胞へのダメージに耐えうる免疫力を持っていれば、治療も続けられるのですから。免疫力を高める代替治療は、本当に様々な治療があります。食事療法、サプリメント療法、漢方、温熱療法、点滴療法、ワクチン療法、免疫療法などなど……。

先日、私の友人の看護師さんがニコッと笑って言っていました（がん専門の看護師ではありませんが）。

「もうすぐ、こうして　グィッと飲めばがんが治る薬が出てくるそうですよ」

その言葉に、私もニコッと笑って頷き「そうそう！　その日まで元気でいるわ！」と答えました。

治りたいと願う患者、治したいと願う医師、治ってほしいと願う家族や周りの人々、みんなの願いが同じ方向に向かっていれば、きっと願いは叶う。希望につながる。そう信じています。

1年前に、がん告知を受け、抗がん剤治療を受けることを頑なに拒んでいた私に、T先生は言いました。

「治療を続けて延命していけば、2年経てば、新薬が登場する可能性も高い。治療をすることは、価値があると思う。やってみませんか？」

そして、T先生が独り言のように言われた言葉。

「きっと……いいようになるよ」

T先生がおっしゃった通り、本当に2年経てば、こうした新薬が承認され、治療の選択肢が増えることが期待できるのは、患者にとっては希望の光。告知を受けた時は、「そんなに簡単に新薬なんて登場するはずない」と、先生の言葉を信じなかった私。けれど、今は「治療を受ける価値がある」と言った先生の言葉の意味を実感しています。

生きていくなかで、迷っていても、前には進まない。考えていても、答えは出ない。何が良くて、何が悪いかなんてわからない。そんな時は、一歩踏み出してやってみよう。やってみて上手くいかなければ他の方法を見つけよう。過去を悔いるのではなく今を笑顔で生きていこう。

がんとともに生きているみなさん、そして、その患者さんを支えるみなさん。頑張りすぎずに、でもあきらめないで、明日への希望をもって一緒に生きましょう。人はひとりでは生きていけないように、夢や希望もひとりでは叶えられない。みんなの力をあわせていければ、きっと希望の光は輝く。幸せは自分の心から……。

がんになってから、私の生き方はかなり変わりました。以前の私は、何かと「考えてしまう」ことが多かった。考え始めると、やはり、何かと理由をつけて、一歩踏み出すことに躊躇ってしまう。時間がない、経験がない、知識がない。反対されたら、失敗したら、結果が出なかったら……。考えれば考えるほどに、前に進むどころか後ろに下がってしまう。

けれど、今は、時間は作るもの、経験は積むもの、知識は学ぶもの。反対されたら、その理由を受け入れて、一緒に協力してもらえる方法を考えればいい。失敗したら、それを糧にして次に活かせばいい。結果が出なくても、頑張って取り組んだ自分を誉めてあげよう。

楽しくありたい、笑顔でありたい、幸せでありたい。幸せは、人それぞれです。なぜなら、自分の幸せは、自分の心が決めるものだから。そう、幸せは自分の心から生まれるもの、幸せはつかむものでなく、感じるものと思います。何より、自分の心が感じた幸せを、信じることが大切なのではないでしょうか。

だからこそ、「自分の心を大切に」。がんになってから、何でもない小さなことに幸せを感じる自分がいます。当たりまえのことに感謝して、幸せを感じます。

今日もご飯が美味しかった。今日もお風呂でアロマのいい香り。今日も元気に過ごせた。明日も、やりたいこと、やってみたいこと、やってみよう。大丈夫、きっと上手くいく。いいようになるから。

向日葵のように

いつもと変わらず、点滴後の急性の副作用もなく、普段通りに過ごしています。ただ、掌のヒリヒリ感が強く、休薬期が終わってもあまり回復しません。それから、手指先の色素沈着が目立ってきて、よく利用者の方が心配してくださり、「どうしたの？　指の色が変よ。痛いの？　無理しちゃだめよ」と言ってくださいます。

人生には思いがけないことが起こることがあります。進行がんの告知を受けてから1年が経ちました。とても辛いことがあった時、誰かのせいや何かのせいにすることは簡単。けれど、私は、自分の人生を否定してはいません。人生は、自分の考え方次第で変わっていきます。

「あなたのがんは今の医療では治せない」

そう告知され、「もう治らないんだ。私の人生、もう終わり。治らないがんのために、治療に苦しみ、生きる楽しみさえ失うなんて、そんなの嫌」と、自分の人生に生きる意味も価値も見失った時もありました。

毎日、どこへ出かけるでもなく、何を思うことなく、ベランダから空を見上げていました。澄んだ空気を肌に感じながら、朝陽が輝く東の空を見つめて、蝉しぐれのなか、真っ白な雲と照りつける太陽の夏空を見上げて、茜色に染まる夕暮れの西の空の色が悲しくて憂う。そして、星に彩られた夜空に儚いような切ないような思いを感じて、「何のために、私の明日はあるの？」と心に呟いていました。

でも、空を見上げていると、少しずつ自分の心が変わっていきました。空の色が眩しくて優しくて愛おしくて……。空を見上げていると、生きているんだって、一人じゃないって思えて、明日があるって信じられて、少し勇気が湧いてきて、前を向いていけるような気がして、探していた答えが見つかるような気がして、きっと希望につながると信じられるようになって……。空は、心の鏡なんです。

私は、自分の選んだその道を、その道を選んだ自分を、信じて生きていきます。

今日は、向日葵の花を買いました。なんだか元気になれるような気がして。向日葵の花言葉は「あなたを見つめる」「あなたは素敵」「私の目はあなただけを見つめる」「いつもあなたを見てる」「あなたを幸福にする」。なんだか、相手を思いっきり愛する気持ちを伝える花言葉ばかりですね！　私も、向日葵のように、あなたを照らす、太陽のような存在でいたい。

変形性関節症

右手中指の痛みは、変形性関節症という診断を受けました。手指の変形性関節症では、指関節の骨を覆う軟骨がすり減って、指に痛みや変形が現れます。指先から数えて1番目の関節に軟骨のすり減りが生じるものをヘバーデン結節、2番目の関節に生じるものをブシャール結節、親指の指先から数えて3番目の関節（CM関節）に起こるものを母指CM関節症といいます。

いずれも女性に多い病気だそうです。

他の指にも、それらしい（?）症状がみられているそうで……。右ひざにも軽い痛みがあり、診断してもらうと、やはり、変形性関節症になりかけているとのことでした。

私の場合、最近、痛みは軽くなりつつありますが、関節は変形したままで、曲げ伸ばしはしづらいです。また、長時間パソコンなどを使っていると痛み出します。何事にも上手に付き合っていこうと思います。

最近、腹部に膨満感があり、苦しいです。腸閉塞でなければいいけど。お腹が張るので、胃が押さえつけられるのか、あまり食べることができません。お通じもあまり調子よくありません。夏バテ？　体調整えていかなくちゃ。

「串刺しにされた心を持つ者」と書いて「患者」。

医師にいちばん求められるものは、治療や薬の処方ではなく、串刺しにされた心へのアプローチ。そう、心に刺さった串を抜いてほしいのです。

セカンドオピニオンをうける患者の半数は、実は、オピニオンが目的ではなく、転院希望者だと言います。インターネットの掲示板やブログでは、多くの医師が「もう治療方法はありません。緩和ケアかホスピスへ……」と患者さんに勧めている現状が垣間見えます。

今年は、がん対策基本法ができて5年になり、これからの5年間について、がん対策推進基本計画も出来上がり、「安心かつ納得できる　がん医療や支援を受けられるようにする」とあります。それには、やはり、医師と患者の関係が、何よりも大切になると思います。

再発

いつものように朝が来て、今日も1日が終わります。

3年前の夏、15年間可愛がっていた愛犬が天国へ旅立ちました。2年前の夏、父が天国へ旅立ちました。そして昨年の夏を迎える前に、母が天国へ旅立ちました。そして、私は転移性進行がんの告知を受けました。

だから夏の空は、照りつける太陽がどこか空しくて。切なくて。悲しくて。けれど、今年の夏は、笑顔で、眩しい太陽を見上げる私でした。つい先日までは……。

腹膜播種の再発です。

腹膜内に腫瘍が散見、いちばん大きなものはダグラス窩（子宮の横）にある2㎝のもの。そして肝転移……。お腹が張っていたのは、がんによる腹水が多量に貯留しているためだそうです。

5月29日のCTでは、これらの腫瘍は見られなかったのです。それからたった2カ月半。あっという間に、がんが勢いづいてしまいました。

術後のCTで見つかったダグラス窩の1cm大の腫瘍が消えたのは、2月15日のCT検査。あれから、6カ月しか経っていない。もっと元気でいたかった。せめて、今年1年、掲げた自分の目標をやり遂げるために、元気でいたかった。それなのに、それなのに……。

T先生からはこう言われました。

「ファーストラインのこの治療はもう効かなくなったから。セカンドラインの治療をすぐにでも始めたいけど。ただ、セカンドラインの治療も、おそらくファーストラインより、長くは続けられない。そして……次の治療は? と言われると、今は手立てがない……。

今までの話から、副作用のこともあって、受け入れられないと思うけど、できるだけ早く治療したほうがいいから。少し、考えてほしい。遅くなってからでは、治療してあげたくても、できなくなるかもしれないから」

今年の夏は、ずっと、笑顔で元気にあの太陽を見上げていたかった。

涙で、希望の光が、願いの光が、滲みます。

けれど、光は消えていないから……。

きっと、きっと、もう一度、光は見つかるはず。

自分で決める

多くの励ましのメッセージやメール、本当にありがとうございます。少しずつ、お返事させていただきます。

何を見ても、何を聞いても、何をしていても、気づくと涙が溢れている。涙が溢れすぎて、心が渇いてしまったのか……。何を見ても、何を聞いても、何をしていても、面白くない。楽しくない。笑顔になれない。

決して真面目一筋に生きてきたわけではないけれど、それなりにみんなの笑顔のために、自分にできることをひとつひとつ積み重ねて生きてきたのに。

術後は、生活習慣をあらためて、食事や生活リズムも整えて。

毎日のストレッチや週1回のウォーキングや軽い筋トレで運動も習慣にして。

やりがいのある仕事に目標を持って、復帰もして。

ストレスをため込まないように、好きなことややりたいことも始めて。

できないことはできないと自分を責めることなく、できる方にお願いして。

失敗しても、くじけずに前向きに次に活かして。

XEROX療法も、エルプラットの副作用が強く、痺れだけでなく、何も食べられない、何も飲めない数日間もなんとか乗り越えてきたのに。そして、何より笑顔を絶やさないように、毎日を過ごしてきたのに……。

容赦なく襲いかかる再発という現実。強く生きるってどういうことだろう……。

お腹の膨満感は、かなり強く、体力も落ちています。利尿剤を処方されましたが、ほとんど効いていない感じです。立っていても座っていても、横になってもお腹が苦しくて眠れなくて。ほとんど何も食べられず。

16クール目の予定だったXEROX治療は、中止になりました。

T先生には、「効かない治療をして、からだを副作用で痛めるよりは、どの治療をするにしても体力を温存したほうがいいと思う」と言われました。

効かなくなっていたとはいえ、何もしないでいることに大きな不安を感じます。今も、がんは、猛威を振るっているのではないか、と。

ふと思います。精神的にも身体的にも、一緒に生活して支えてくれる人がいたら……。誰か一緒にそばにいてくれる人がいたら……。セカンドラインを受ける決意をしたかもしれない。

弟は、必要なら、一緒に暮らせばいいと言ってくれました。けれど、弟にも弟の生活があります。今は、何とかひとりで乗り越えていきたい。

セカンドラインは受けないと決めたけれど、決して、生きることをあきらめたわけじゃない。今も、自分で納得できる治療法を探しています。

先日、遊びに来てくれた姪っ子が言いました。

「彼氏が就職するから自分も就職するとか、彼氏が進学するから自分も進学するっていう友だちが多いけど、私はそういうのは嫌だよ。だって、自分の人生だもん。自分がやりたいことをやるのが自分の人生でしょ。おばちゃん、いつも言ってくれてたよね。自分らしく生きなさいって。だから、私は、自分でちゃんと決めるよ」

そして、翌日届いたメールに、「おばちゃんまた痩せてた気がします。しっかり食べて、次会うときまで元気でいてね！」

姪っ子には、病気のことは話していません。一緒にいる時は、何も言わなかったけど、私のことを気遣ってくれる優しい娘に成長しています。

私も自分らしい生き方を、自分でちゃんと決めます。

いつの日か、姪っ子にも、私は、自分らしく生きてきたよ、と誇れるように。

257　Ⅲ　頑張りすぎずに、でもあきらめないで　2012年1月から9月までのこと

あとがき　―姉がブログに綴れなかった最期の5日間―

西村竜文

「きっちりしなきゃダメよ」

弟である私たちには、いつも口グセのようにこう言っていた姉・間裕子が、何ひとつきっちり残さないまま逝ってしまいました。

姉は子どもの頃から本当にきっちりしたひとでした。独立心旺盛で、誰にも迷惑をかけないで生きるということを、まるで美学のように実践してきました。

父親からは、「裕子はしっかりしていて、何でもできてお前たちと逆だったらよかったのに」と冗談半分でよく言われたものです。試験ともなると、前々からきっちり準備し、人一倍努力するひとでしたから、学業成績も優秀でした。大学に入るまで、通知表はほとんどオール5を通してきました。

そんな姉ですから、自分の死に際して何か残しているはずです。遺書とまではいわなくても、エンディングノート的なものを書き残しているのではないか。人に迷惑をかけることをよしとしなかった姉です。少なくとも自分の葬式はこうしてほしい、誰々を呼んでほしいといったメモ書きくらいはあるだろう……。そんな思いで弟とともに姉の自宅マンションへ赴き、そういったものを探し始めました。

しかし、何も出てきません。どれだけ探し回っても何ひとつ出てこなかったのです。とことん考えをめぐらせた挙句、ようやく気づきました。「そうか、姉はまだまだ生きる気まんまんだったのだ」と。

死の準備などすると、思考がそっちの方向へ流れてしまうから意識的に避けていたのだと思いました。そう思い至ると、「あなたたちにはあなたたちの家族がいるのだから迷惑をかけるわけにはいかない」と私たちを頼ろうとせず、自分の気持ちをほとんど話してくれなかった姉の心の奥底が見えたようで、新たな悲しみに襲われ、また切なくもなりました。


姉の部屋で、遺書の代わりに見つけたのが、今回の本のもととなったブログです。

私たちは仲のいい姉弟で、初詣などは毎年のように姉弟三人とそれぞれの家族、両親が元気なうちは両親も一緒に出掛けるなど、頻繁に会っていました。でも姉は自分の仕事の話など一切しませんでした。

私たち兄弟は姉が亡くなるまで、姉のことをまったくわかっていなかったことを思い知らされました。姉がコーチングの分野で一角の評価を得、自らコーチングオフィスを立ち上げHPを開設していたこと、両親の看護・介護を機に転身した医療福祉の世界でも介護職員を務めながら、コーチングの知識・経験を生かして医療・介護従事者に対するコーチング導入活動を行っていたこと、などなど。大勢の受講生を前にして何時間も講演していたという話もあとから聞いたことです。

姉には仕事に関係する著書も何冊かありましたが、そのことについても自分からは何ひとつ話してくれませんでした。ある日、姉のマンションを訪ねたとき、なにげなく本棚を見ていたら、「間裕子著」という本があるではありませんか。

「何!? 本書いたんだ？」

「うん、書いた」

それで会話は終わりです。

思えば、姉は私たち兄弟には自慢めいたことは何一つ話さない、それでいて何事にも常に真剣に取り組むひとでした。そんな姉ですから、仕事で誰とどんなつきあいがあったのか、私たちは何ひとつ知りません。だから葬儀には誰をお呼びすればいいのか、まったくわかりませんでした。遺書もメモ書きもないので、私が姉の携帯電話を、弟がパソコンをチェックすることになりました。

しばらくすると、パソコンの前に座っていた弟がすすり泣いているではありませんか。

「おい、どうした？」

「ブログが見つかった……」

「えっ⁉」

「俺たちのことも書いてある……」

弟のすすり泣きは、いつまでも止むことはありませんでした。

そのブログこそが即ち本書というわけですが、ブログのタイトルは「がんとともに生きる」。筆者名は「さくらのように」。ブログをはじめたときから、桜のようにあっと言う間に散ってしまうことを意識していたのでしょうか。

「序文」にはこうあります。

〈仕事にやりがいを感じながら、日々、懸命に生きてきました。

でも、ある日、進行がんを告知され、これからの人生をがんと向き合いながら、どう生きていくか……。

何かに向かって懸命に生きるということは、たとえ、それが叶わなかったとしても、誰かの生きる希望や力になれる。

そう信じて……。

心からの笑顔いっぱいに生きていきたいと思います〉

最初の「記事」は、2011年8月1日。進行がんの告知を受けた5日後のことです。

ブログの中には、私たちの知らないもうひとりの姉がいました。

自分の思いのたけをあからさまにぶつけ、ときには愚痴をいう姉。

死への恐怖におびえながらも、明日の生き方を模索する姉。

がんと闘おうと、さまざまな情報を入手し、がん治療の知識を吸収する姉。

抗がん剤の苦しさを素直に吐露する姉。

ブログの読者とパソコン上でホンネで言葉を交わす姉。

姉弟である私にとって、姉のブログは見つからなかった遺書の代わりのようでもあり、まだまだ生きるぞと高らかに宣言しているようでもありました。

死というものに対する覚悟はあったものの、死に対する備え、終活などという考えはまったくありませんでした。毎日をどのように悔いなく生きるべきか、どうすれば充実した日々を送れるかだけを常に考えていたようです。


私たち兄弟が姉の異変に気づいたのは、２０１１年6月に行われた母親の葬儀のときでした。ドレス風のゆったりした喪服を着た姉のお腹の部分がポッコリと不健康に膨らんでいたのです。なんとも嫌な感じがしたことを今でもよく覚えています。葬式が終わり、親戚一同で会食したあと、私と弟で姉を送っていきました。その道中で、

「お姉ちゃん、どうかしたの?」

と聞いたところ、

「お腹によくない腫瘍ができたみたい……」

このときも、姉らしいと言えばいいのか、がんがどうのこうのという具体的な話は一切出ませんでした。当時は、約1カ月後に手術が行われ、その後、長いがんとの闘いが展開されようとは知る由もありませんでした。

手術～闘病生活についてはブログに克明に綴られていたわけですが、そのブログは2012年9月8日で突然のように終わっています。死の5日前のことです。ここではブログに書かれていない、つまり本書に載せることができなかった最期の5日間について書き留めておこうと思います。思い出すのは悲しいことですが、これも残された弟としての務めだと思います。

2012年9月12日、私は東京から名古屋に向かって車を走らせていました。夜の7時頃だったでしょうか。岡崎あたりにさしかかったとき、私の携帯電話が鳴りました。弟からでした。

「姉貴が危ないみたいだ」

なんでも、医師から電話があって、姉が「最後の注射」を打ってほしいと希望しているとのことです。医学的なことはわかりませんが、この注射は激しい痛みに苦しむ末期がん患者に打つ痛み止めだそうです。苦しみから解放するために意識を飛ばすのだそうです。ただ、この注射を打つと、たいていそのまま意識が戻りません。すなわち、その先にあるのは……。長い人でも2週間程度しかもたないそうです。

姉の苦しみを考えると親族として了承せざるを得ませんが、意識のある内にもう一度会いたい、ひとことでもいいから話したいという思いがこみ上げてきて、運転中も気がはやるばかりでした。

1時間後、私は病院に到着しました。ベッドで静かに眠る姉はすでに意識がありませんでした。

弟によれば、その10日ほど前に主治医とのカンファレンスがあったそうです。

その場に同席した弟は、医師から姉は今の症状が良くなることはあり得ませんといったことを告げられたそうです。

そのとき姉は、取り乱すでもなく、小さな声でポツリとつぶやいたといいます。

「だって……」

そこには姉の万感の思いが込められているような気がします。

「だって、頑張ってきたのに……」

「だって、まだやることがあるのに……」

「だって、まだ生きたいのに……」

こうしたさまざまな「だって」が、日を空けずして「最後の注射」を打つことにつながっていったのでしょう。注射を懇願する姉は、看護師さんに向かって「もう死なせてください」と訴えたそうです。


私が病院に駆けつけた翌日の昼頃、伯母（母の姉）が見舞いにきてくれました。ものも言わない姉のそばに7〜8時間もついていてくれました。近くのホテルに泊まるとのことなので、私と弟で送って、その途中で食事でもしようという話になりました。

その一瞬をつくかのように姉は逝ってしまいました。

食事中に病院から危篤を知らせる電話があり、私たちはあわてて病室に戻りましたが、その時すでに遅し、姉は旅立ったあとでした。前日もほとんど夜通し病院に詰めて、その日もほんのさっきまで姉のそばにいたのに……。それでも死に目に会えないなんて……。

でも、いかにも姉らしい最期だと思い直しました。

逝ってしまう姿なんて誰にも見られたくない……。そんな姉の美学を貫いたような亡くなり方でした。

思えば母の最期も姉と似たようなものでした。

姉の死から溯ること1年3カ月、すっかり弱ってしまった母親を、介護し続けた姉は自分の住むマンションから歩いて10分もかからないところにある病院に入院させました。姉には、母親の最期は長女である自分が看取ってやりたいという強い思いがあったようです。そして実際、毎日のように見舞っていました。

それなのに母親は……。姉が病院にいない間に、まるで図ったように亡くなってしまったのです。自分の子どもに、死ぬ間際の姿を見せたくなかったのでしょう。ブログにもあるように、そのとき、姉は思いっ切り悔み嘆いていました。

「なんで待っててくれなかったの！　こんなにいつも顔を出しているのに！」

その姉が母と同じように逝ってしまいました。こんなところまで母娘で似ることはないのに……。しかし、正直なところ、私は姉が逝く瞬間を見たくはなかったのです。姉は私たちの気持ちをわかっていてくれました。

結局、姉が亡くなる5日ほど前の会話が、姉と言葉を交わした最後になってしまいました。

その日、私は病院を訪ねました。ベッドの脇にちょこんと腰かけていた姉は、

「私、マンションに帰りたい。やりたいことがあるの」

と言いました。

これまた切ない話ですが、末期がん患者には簡単に外出許可が下りるようです。要す

るに「残り少ない日々を、どうぞ好きなようにお過ごしください」ということなのでしょう。

近所で昼食を食べたあと、姉の自宅マンションに向かいました。

姉のマンションでいつしか私はうたた寝をしていました。浅い眠りのなか、洗濯機がまわる音が聞こえていました。姉はパソコンに向かっているようでした。

次に目が覚めたとき、姉はゆったりした座椅子で横になり、スースーと寝息を立てていました。やりたいことすべてをやり遂げたようなおだやかな寝顔でした。

そのときは知る由もありませんでしたが、実はこの世にいる姉が自宅で最後にやったことはブログの更新だったのです。

9月8日付の「腹水コントロール」という記事がそれです。

〈皆様へ
いろいろご心配いただきありがとうございます。

とりあえず、腹水貯留のため、日常生活をひとりで送ることができなくて。

23日より、貧血や脱水症状もあり、輸血や点滴など、腹水コントロールのため入院しています。

また、退院して落ち着いたらアップします。〉

病院を抜け出してまでやりたかったことはブログの更新だったのです。それだけブログを大事に思っていたということでしょう。

今回、ご縁を頂戴して姉のブログは本という形になり、より多くの方に読んでいただくことになりました。

あらためて姉のブログを読み返してみて、姉は死を迎えるために過ごす毎日ではなく、充実した日々を過ごしたい、人に想いを伝え残すために何ができるかだけを考えていたのだと再認識しました。姉にとって「生きる」という意味は、ただ生き長らえることでなく、どれだけ自分らしく生き続けられるかであったのだと思います。

その意味では姉は最後の最後まで充実した生を貫きました。生き抜きました。

そんな姉の姿をひとりでも多くの方に記憶の片隅に留めていただけたら、親族としてこれに勝る幸せはありません。

そして残されてしまった私たち兄弟も、姉の想いを胸に、しっかり大地を踏みしめて、振り返ることなく、前だけを見つめて生きていきたいと思っています。姉に叱られることがないように、姉が憂うことがないように、そして姉に褒めてもらえるように……。

２０１３年５月

間　裕子（あいだ　ひろこ）

1960年愛知県生まれ。３人姉弟の長女。大学時代は弓道部に所属。1984年名古屋工業大学工学部工業化学科卒業後、コンピュータメーカーのSEとして従事する傍ら研修講師を務める。2003年エクセレンス・コーチング・オフィスを設立し、プロコーチとして活動。両親の看護・介護をきっかけに医療福祉分野に転身。特別養護老人ホームの介護職員として従事しながら精力的に医療福祉施設へのコーチング導入活動を行う。

2011年5月、腹部卵巣辺りのしこりに気づき検査を受けたところ、大腸にがんが見つかる。7月、腫瘍の除去手術、以降抗がん剤治療をしつつ闘病生活を送る。2011年8月「さくらのように」の名前で、ブログ「がんとともに生きる」をスタート。持ち前の明るさで闘病生活を前向きに綴り、話題を呼ぶ。

花をこよなく愛し、EXILEの大ファン。

2012年9月13日転移性進行がんのため逝去。享年51。

【資格】

CTI認定プロフェッショナル・コーアクティブ・コーチ（CPCC）
米国NLP協会認定　NLPマスタープラクティショナー
GIALジャパン　アクションラーニングコーチ
日本メンタルヘルス協会カウンセリング公認カウンセラー
株式会社コーチクエスト　マスター・ウェルネス・コーチ　講師
社会福祉士

【著書】

「介護スタッフを自らやる気にさせる！のばす！」（日総研出版）
「在宅ケアに活かすコーチング」（日本看護協会出版会）他

茶畑和也（ちゃばた　かずや）

1955年高知県生まれ。イラストレーター。1980年、渡仏「アトリエ17」W・ヘイターに師事。1986年、朝日広告部門賞受賞。以後、雑誌、新聞、広告の幅広いジャンルで活動。著書に『貧乏画家の巴里絵日記』（求龍堂）など。

2011年3月28日から毎日１点、東日本大震災の被災者と福島原子力発電所の作業員に向けてハートをモチーフにした絵を描きつづけている。

本書の装画は、2012年9月13日（表）と翌14日（裏）の作品。

企画協力　NPO法人企画のたまご屋さん
構成　寺口雅彦
装画　茶畑和也
装丁　三矢千穂
校閲　植田美津恵（医療分野）
生きることをあきらめない
転移性進行がんの告知を受けて

2013年7月13日　初版第1刷　発行

著　者　間《あいだ》　裕子《ひろこ》

発行者　ゆいぽおと
〒461-0001
名古屋市東区泉一丁目15-23
電話　052（955）8046
ファックス　052（955）8047
http://www.yuiport.co.jp/

発売元　KTC中央出版
〒111-0051
東京都台東区蔵前二丁目14-14

印刷・製本　モリモト印刷株式会社

JASRAC出 1306867-301
ISBN978-4-87758-442-9 C0095

ゆいぽおとでは、
ふつうの人が暮らしのなかで、
少し立ち止まって考えてみたくなることを大切にします。
テーマとなるのは、たとえば、いのち、自然、こども、歴史など。
長く読み継いでいってほしいこと、
いま残さなければ時代の谷間に消えていってしまうことを、
本というかたちをとおして読者に伝えていきます。